油饼洼记事

王祥夫 著

山西出版传媒集团 北岳文艺出版社
·太原·

序

/金宇澄

想起祥夫,远方映出他圆镜片后胆怯的双眼;在杏树或者胡麻开花的季节,他可能去了乡下;书案前的水盂已经干涸,去岁插入瓶中的白树枝也已蒙上灰尘;我和他坐在风陵渡口的小摊旁边吃饭,吃茴香饼和一只鸡蛋。在风中,黄河稠厚的水波看不出一点白浪,唯有寒森森的晓梦在徘徊。在瞬息间,我们似乎迷失了方向,在广阔的蓝天下面,相互尴尬地看着;河岸在他身后平展展伸向远方,听到船楫的声音,我们知道,将离开陕西进入晋地了。

也许,上述的情景算是有关他的心境或写照吧。

某年,我和他在太原组稿,住入山西文学院的招待所,这是以前阎锡山四姨太的宅邸,破旧、幽暗、很潮湿,四壁似乎还游荡着当年的唱辞和脂粉的魂魄。我们去走廊散步,看脚下破裂的大青砖地,这时他抬头自语云,檐下的花板刻工相当不错,今晚去弄下一块来,很好看的……窃取的欲念在空寂的院落里滚动,穿过了那些破旧雕饰的孔洞远去了。旧昔的好时光由于油漆剥落,留下新生的一层层的尘埃,唯存的那躯壳,是好看的吗?

当日的夜晚,我们只是在一文物铺子闲逛,然后买了个漆雕小盒。从刻纹里,可见盒盖由红黑两种漆覆盖住,然后刻出一些柔婉的花朵。新器无旧时韵味,亦无存旧时幻想,从心灵的宁静上看,是妥当的。

胡麻花再次开放了,蓝色的天,蓝色的小花朵,泥土干燥,如同沙漠。在一系列农家小说及部分随笔中,王祥夫唤醒了自己健康的美感,犹如他穿过旧式厅堂携他的古董,来到名为"十三边"的长城脚下(如小说《玉山河》)。人的温情倾注入小小村庄,理解那里的争吵和土房内的梦想,将简朴的空间和生存方式蒙上一层暖色,农人的价值标准和人际关系被勾上完满的句号,使人着迷。他情感中的阴影几乎被微笑驱散了,然而他的那种积压在温情背后的寒风,仍时时泄漏,这种文学特征既是他潜在的心境,也已是他写作的一种准则。

我们将从另外一批中长篇作品(《非梦》《乱世蝴蝶》等)中,在男男女女阴柔的旧式生活中发现这种准则,生活方式的繁文缛节以及道具的精雕细刻,可以认准他是一位严谨的舞台总监或专卖店老板,他细心给那些遗老遗少和女眷们更换衣裳,添上烟泡,装点绛唇,欲望及仇恨如珠胎暗结,紧紧捆裹在腹部,不让旁人所知晓。对于旧人旧物旧情的缅怀与追思,对旧时人文风范的展开与发扬,他是处心积虑,不遗余力的。

他恐惧一种苍白的自然现象,怕雷声及闪电、蛇、死去的猫脸、剪下的别人的指甲。实际上他对旧时人事的癖好心生疑窦,对旧物或他人之物充满恐惧,包括他收藏的铜镜;每当黄昏或一个独居的深夜,铜镜便放出千年以前的寒光,如果近前去审视,他的"瑞兽葡萄镜"也许留下了古人尸衣的织纹与绿色锈斑。他告诉我,他有些害怕。而在白天,时空重又恢复到现代的温暖阳光下了,一切如潮水般消失和远去,这使他深为苦恼。我建议，请他去改存一些古时陶罐，这些坛坛罐罐可能会消解他对古人镜前梳妆的迷恋，他急切地摆着手——那些罐子当年放在棺内存水，古时以为死人会口渴——这也很可怕。

人物的解脱，被凌辱，被压抑，都是淡淡地遮挡着，似乎他是一个表演皮影戏的老手，我深信那是他经受不住恐惧的诱惑，知道自己有潜在的神经衰弱的体质所致。这种矛盾着的距离，美丽朦胧，他扯动很多细长的线，口中念念有词，人物便行使催眠术最终将观众引入歧途。

想起此君，也会记起他床边零乱的书籍。他怕在一尘不染的场所做客，朋友赵命可（现已去广州）在西安时的屋中唯有一床垫，一矮桌，满地是书，这使得王祥夫立即脱鞋盘腿，坐定四顾，他喜欢这种生活方式。可能他会在写作的同时，去做书籍装帧。他自己的床头摆起一排日本文库的封面，改日再换零散的线装读本……犹如主妇经常更换床头枕巾，他不矫情，只是喜欢书籍的封面，天天可以看到它们。

现在已是雁北下雪的季节，我看到了他站在雪中的留影，他穿着西式衣服，戴圆圆的眼镜。他祖上是旗人，如果他着旗装,挽一个他小说里的女一号,他的那种微笑也许将带着点男人的羞涩。他对北方的火炕十分迷恋,在大雪纷飞之时,在除夕之夜,他在电话里告诉我,如果能有一套平房,他会去买来一些砖,等春天时,请我这位上海的老兄给他盘一铺炕,还有火墙。

北方生活,也许是我这个当年北大荒下乡知青的某种情结,而对他来说,无论是欢乐或恐惧,都已凝作当空的那轮冷月:这是一种无声的心绪的写照了。我们曾在《望长城》这套纪录片中看到了"十三边"那个小村庄,那里没有电,除了油灯,便是寒空中的月亮,那是静而无声的。

含蓄、宁静、优美,凝聚着冷冷的力,那就是王祥夫。

目　录

○○一　　　序 / 金宇澄
○○一　　　棉花
○四五　　　好崞杂录
○七七　　　竹坡记事
一一九　　　油饼洼记事
一五五　　　扁村笔记
一八七　　　小鼻村记事
二三三　　　跋

棉花

胡子村

凑巧就有一出戏文叫《打芦花》的，竟和棉花有关系。这戏文只说一个后娘狠，用芦花给不是自己腿缝屙出的儿子去做棉袄，把雪样软白的棉花却给了自己的亲生子。那芦花做的棉袄看上去倒比棉花衣服厚十分，这便有故事演出来：芦花原是不能遮寒的，那没了亲娘的儿子冷得筛糠般抖，被他亲爹看了眼气，便用鞭子打，一打就打出了芦花。这做父亲的明白了后娘的心原是极不好的，便要休了她。这戏教人知道后娘的不好处和棉花的好处（一般来讲，人们都比较喜欢棉花和亲娘）。

棉花是有好处的东西，这原是人人都知晓的事情。

就说胡子村这地方吧，家家都乐呵呵地去种棉花，当然也有不乐呵呵去种的，倒乐呵呵地去种了红番薯。红番薯原也是好吃的东西，也有不种红番薯，倒乐呵呵去种了萝卜，这原是极自由的。恰巧胡子村又有个人竟叫了张自由，便有人又说这叫自由的角色原是叫"脂油"的。

"你爹才叫脂油呢！"自由听了自然会生气，我是一坨油么？这和棉花又有什么关系？

这个叫自由的角色原是会唱民歌的，顶顶会唱的一首歌叫《纺棉花》，歌词原也十分的好听，只是乱，难以整理得清爽。

　　二月里来杏花开

　　三妹坐在纺花台

　　棉花赛雪白又白

　　没有三妹的腚子白

　　三妹巧手纺棉花

　　坐在门口腿八叉

　　左纺一个凤朝阳哟

　　右纺一个蜂子钻花

三妹巧手会纺花哟

一两花纺出二两线

二两花纺出四支纱

　　这近乎于胡说是不是？所以人们听了也只是笑笑。胡子村以前的女人们都是会纺花的，现在会纺的却几乎没了。七八十岁的也许还有，只是没了力气。也有有心教教媳妇的，媳妇们偏又大多不爱学，大多只爱对了镜子去搽粉描眉眼。

　　再说一句，胡子村据说实实在在是叫胡子村，宣统年间原是出过一个人物，名字只叫杨景深，直把胡子留到三尺多长，年节闹社火便去扮关公舞大刀，还被弄到不知什么地方去比了一比胡子，据说是去了日本，竟当下比得个头奖，他回来便不再出门，不再让人看那胡子。偏要来看胡子的人却一日多似一日，据说就这么一挤两挤挤坏了两扇柏木板子门，便演出一个极好听的故事，这故事又和胡子村南那个小庙有些关系，那小庙又和村小学有些关系，那学校又和老师有些关系，那老师又和学生有些关系，这只是废话么？

老 师

老师么，就姓周，名字没头没脑竟叫了佛生，人却没多少福，只往精瘦了长，屁股和脸上都没多少肉，眼睛圈就显得大，站在讲堂上，把下边一堆崽乖乖都罩住。"一二三四五，牛羊与刀手。"原是教得极熟的，"1+1=2，2×4=8"也一般不会有错，也懂得做趣味游戏，比如站在上边嗓子尖尖地问："一花椒树上有八只麻雀，一弹打下一只还剩几只？"下边便嚷做一团说还有七只呢。独独有一个小崽头却最后细声细气不慌不忙地说："一只不剩呢。"周老师看看，心里便有十分的喜欢。那崽竟是张自由的崽，名叫张水磨。又比如周老师还问："一只木桌四个角，砍去一个剩几个角？"一屋崽都把眼睛活泼地滴溜溜转，竟答不上来。独张自由的崽又细声细气地说："多一只角呢。"又比如周老师说："一个公人加一个母人，会是几个人？"一屋男崽便哄笑起来说："会多日出一个人呢。"独张自由的崽却红了脸子不说话，只由手指抠鼻孔，眼睛一转一转。

周老师便火起,把小崽头们用教鞭很麻利地打个通堂。独不打张水磨,一边打一边说:"鸟也答不上桌也答不上,一公人一母人就懂了!"这也就算是一个小故事。周老师竟教得好学生,个个都知道手上是十个手指脚上竟有五双,也识得左右,喊左往左转,喊右往右转,也有些纪律。聪明一些的竟会造字,比如在土板墙上写个"女",再在中间加一个点,小崽头们便都知道这是个极坏的字,便出了下边这故事。

忽一日,张自由的崽张水磨蹑手蹑足跑到周老师的门上用石灰条子写了九个字:周老师你是个女人呢!

这便有了下边的故事。好吧,让我们讲正经故事吧(我想了许久许久,才想清楚这个故事要这样讲才会好听,那么,就是下边这样的开头了)。

话说山西中部的地方,向来有个村子叫胡子村……

村长之一

村长就让他叫张智算了,那么向来的小名就应该叫"智智"。但人们只叫他——张村长。人性脾性原都好,只是有胃疼的毛病。这一天他便捂上肚子去乡里看病,到西医那里问了一问,西医大夫翻翻白眼说你去看中医吧,不看我这里正忙呢!张智又捂上肚子看中医。中医大夫李家书自然是先号脉,后又让张智把红赤赤一条舌头吐出来看,就开一个小药方,药方拿给张智不免又要嘱咐几句。

"要想好,莫喝酒。"李家书说。

"我不喝呢,不会喝。"张智说。

"好,要想好,烟也莫抽。"李家书说。

"我不抽呢,不会抽。"张智说。

"好!"李家书大夫赞一声好,又说,"要想好,莫要打老婆那肉洞。"

"我不耐见女人呢。"张智又小声说,脸红了一红。

那李家书便突然忍不住笑起来,拍一下手,连说两声好,又说:"你一不喝酒二不抽烟三不要女人,你活着能去造原子弹么?看病做什么?不看也罢!"

这话后来便被演绎成了一个笑话被人们广为传诵。那李家书原是张村长的老同学,中学在一个乡校里读过三年书,宿舍也在一爿黄泥屋顶下,晚上溺尿也同尿在一个瓦盆里,吃饭也用得一个陶钵,关系原是极好的。

但据说那几句话便给张村长开了窍,从此酒也喝得烟也抽得,竟一日比一日像个村长,走路手朝后背抄起,胸脯挺得老高,看人眉头皱起。但忽一日张村长就没了这般那样的神气,竟苦了脸带着乡里的王乡长,去各家各户的棉花地边转来转去。王乡长只对他讲一些政策方面的事,只说社会呢还是社会主义呢!棉花也要姓公才好,今年棉花贩子来了就把他们打走!

张村长的眉头就一下皱到脑皮上。张村长抬头看看天,猛不丁说一句:"收棉花时别下雨才好。"天上这时果然就有了云,黑汹汹的从西头涌来,像要下一下了,却没有下,到了下午又朝东边各自风流飘散了。胡子村的人们便仰头看云感到高兴,都拍手夸天气不赖。这是七月,七月过去呢?自然就是八月了,八月过去呢?自然会是九月,九月过去呢?

可我们偏要先讲一下十一月的事。

村长之二

其实十一月的事前边已经讲了,也就是十一月的时候张村长捂着半边脸去看病,并且住了院。那名叫李家书的大夫原不是什么大夫,竟大小是个院长,平时没少吃张村长送来的红的羊肉、黄的黍米,还比如有在草坡上采的白的并黑的蘑菇。他也不仅是张村长的什么鬼同学,竟还是张村长的亲表兄。张村长便去住院,乡医院的叫法原也不叫什么医院,只叫:"打针所"。所以,李家书官出官入的叫法应该是叫:"李所长"。

这天张村长来找李家书,脸肿得不能再肿,原来竟不是肚子疼,倒是左边牙疼得把脸肿得像涂了猪油。

"又为棉花么?"李家书用一根手指把张村长的脸按按又按按说。

"我日死它棉花呢!"张村长被说到心病,便骂一声。

"眼下农民都成了精,变坏了呢!"李家书用一个小小的酒精棉球涂张村长的脸,涂涂又涂涂,忽然就不涂了,把棉球只一扔,看定了张村长的脸,说:"我让你好活几日好么?你只管在卫生所住几日,让他们乱去!"

张村长便说:"能这样么?"

"要想好,莫回去,看他们交不交。"李家书说。

"好,就不回。"张村长捂了脸说。

"要想好,躲过收棉花这一阵。"李家书说。

"狗日的棉花!"张村长捂着脸又骂一声。

"现在农民们都成精了,就不该给他们分土地。"李家书说,指挥那个叫李玉玉的护士把吊瓶拖过来,把针往张村长胳膊上扎。那李玉玉十七八岁的模样,长得娇娇秀秀,细声细气管张村长叫表叔。还说表叔你莫怕疼呢,我打得轻呢。李玉玉竟是李家书的亲闺女。

"让他们闹,"张村长捂着半边脸"唔唔唔唔"地说,"闹得政府迟早生了气把土地都收回去!"张村长忽然叹口气,又说:"毛主席那几年怎么就没这事,一天吃两顿粗粮,人人都知道喊万岁呢!"

"人都是贱货!吃屎草的货!"李家书说。

李玉玉这时已扎好了针,便坐在那里看表叔张村长带来的新棉花,舒开小手摸摸棉花。棉花是新的,自然白得好看。李家书也用手摸摸棉花说:"这棉花好呢,做棉袄暖和呢。"

李玉玉便撇嘴,说:"现在谁还穿棉袄,比得上腈纶棉么?比得上么?"

"腈纶棉比得上棉花么?"李家书忽然就气了。

"不说棉花好么?"张村长捂着半边脸说,"不说好么?"

"人都是贱货呢!吃屎草的货!"李家书说,看一眼自己闺女,"现在农民都成精了。"

田　地

田地也就是田地,有水的叫水地,没水的叫旱地,种菜的叫菜地,埋死人的叫坟地,和别处原没两样。地里种什么呢?也不过是谷、粟、糜、麦、高粱、玉米、荞麦、山药、白菜、萝卜、蔓菁、葫芦、倭瓜,却也有人偏偏要把地挖成水塘去种鱼,比如张二狗这狗人。胡子村只把养鱼叫作"种鱼"。也有把地偏偏挖出土去烧了砖,比如张自由,就把自家的地挖了土去烧砖,自然一挖两挖挖来挖去就挖成个大坑。"你也要种一种鱼么?"别人就嘻嘻笑着问。

"我要种鳖呢!阎王爷处有鳖种么?"自由就这么说。但大多数胡子村村民都不肯向张二狗和张自由学习,还只是扛着锄去种地。种地是没什么好玩的,不过和犁、锄、耙、铲、镰、牛、驴、骡、马打交道,这没什么好说。又比如家家都去种棉花,这也没什么好说,倒是不种棉花的好像要发生些故事了。

比如张自由的崽张水磨,这一日忽然被周老师从学校赶了出来。张水磨这小崽头也不像别的崽那么哭哭啼啼,他坐在自家门槛上挖半天鼻孔,眼睛转来转去,然后气呼呼去窑上找他爹。

张自由呢,自然在砖窑上,和雇工们一起弄砖坯,一脸的泥水。

"竟不让上了么?"自由问自己的崽。

"要棉花呢。"水磨崽说。

"去问问用砖顶行么?"自由又问。

"要棉花呢,砖是棉花么!"自由的崽气呼呼对他爹说。

黑夜故事之一

比如,胡子村到了黑夜人人向来都是睡觉,睡觉前有人要把脚洗洗,有人不洗,这就是一种区别。有的人和女人做传宗接代的事,有的人不做,这是另一种区别。也向来有人偏要去喝酒,但向来没人会拿一个可以写字的小本子去找人说话,一边说一边还往本子上写字。如果说有,也是近几年的事,这人就是瘦伶伶的周佛生。他拿了本子没事爱找张自由去说话,坐在自由的炕上,喝茶水、吃瓜子,一双眼睁多大,把自由老婆看得心惶惶地跳。但周老师的心思却只在自由的歌词上,把张自由唱的歌记下来。比较好听的有这么一首歌,只叫了"大娘唉",每唱一段后边必拖一个"大娘唉——"的长腔,很是好听。

> 对面走来一个当兵的
> 那个当兵的,不是个好东西
> 把奴家一把拉进高粱地
> 拉进高粱地,把奴按在地
> 从裤裆掏出个怪东西
> 我的大娘唉——

下边的事就不便再说了,总之这种事现在是不会发生了(如果真发生,也只有被拉进黑豆地的可能,因为胡子村这几年已没人去种高粱了)。

话说一千九百九十四年十一月这天黑夜,周佛生去了张自由家,没带可以写字的小本子却带了一张苦脸。

他进屋的时候,张自由正坐在灯下七加八八加九地打算盘。

"给砖顶棉花还不行么?"张自由在灯下眨眨眼对周老师说。

"我是村长他爹么?"周老师苦巴巴地说,"我只比个球多两只耳朵呢!"

"张村长这狗人!"张自由说,"越来越不会当村长了!"

村长之三

胡子村的乡民背后只把村长叫作"会倌",这和"羊倌"有些相近的意思。羊倌么,自然是放羊,会倌么,顾名思义也就只是开会。

"现在的人都坏得要成精呢,连个会都开不齐呢!"忽一日张村长对周老师这么讲,不免就扳指头算一番,果真就有十多年开不齐一个会了,让谁开会,就像扯谁去挨刀一样。"狗日的,迟早让政府把田地收回去!那几年夜夜开会到半夜,连老婆那肉洞都没工夫搞,人却个个老实听话!"张村长现在是一肚子气。

"迟早让政府把土地收回你个狗日的吧!"张村长站在地头说那些不肯听话的人。

"有合同呢,会么?"田里的人却慢慢说,并不理睬这句话。

张村长就气得跳跳的。他常常因村里的事气得跳跳的,比如收党费、收水费、收化肥款。这是和下边的乡民生气,也有上边领导给他气生的,比如他住了医院的第二天,王乡长竟气狠狠去找他。

乡长姓王,我们只把他叫作王家书,脸子也苦皱皱的,被收购棉花的事弄得很心烦。

"你想躲清闲么?我还想住几日医院呢!"王乡长在医院里对张村长说。

张村长就只好乖乖捂上脸跟上王乡长回胡子村,有什么法子呢?

"你就果然想不出一个好法子么?"王乡长忽然掉

过脸对张村长说。

"好法子就是让政府把田地都收回去。人是贱虫,不饿不成!"张村长捂着下巴说,"拿政府的田地种了棉花倒不把棉花给政府,狗日的!"

"你过来。"王乡长忽然笑笑,要张村长俯耳过去,就把刚刚听到的一个绝妙的办法教授给张村长。

"竟可以这样么?"张村长听了王乡长的话很是愣了一回,想想,又说:"果真就再想不出一个好法子么?乡里乡亲,我把人得罪尽了,以后我能住到美国去么?"

"顾不了那许多呢!"王乡长忽然又气了,说,"你怕得罪哪个?怕他哪个?"

张村长便咧开嘴苦笑了一下,说:"对呢,我还会怕周佛生这狗人的么?我只找他一个人说话!"

户口问题

旧时的胡子村,是也有户口的,不在别处,却只在祠堂,祠堂有两个,一东一西,只叫:

东边张祠堂

西边赵祠堂

姓张的生了崽就去张祠堂挂名,姓赵的生了崽就去赵祠堂,这原是不会出错的。但也有出错的时候,比如忽然有哪个婆娘生了崽却百般说不清谁是崽的爹,这照例是哪个祠堂都不会给她挂名的。比如皮匠书官,名字倒叫得好!只是没了姓,这你就会知道她娘年轻时一定很风流的,但事实上又不是这样。他娘去割谷草,就被一个力气大的后生从后边按倒起起伏伏做了那好事。这会怨谁呢?只怨她一个人去割谷草!实际上说这话时,书官已八十有三了,也就是说这是八十三年前的故事。书官一辈子都在口口声声说毛主席是大救星呃,因为书官后来竟有了户口,名字只叫:毛书官。

这你就会明白他的姓是怎么回事。可后来忽然就又有了故事,一千九百六十六年时,忽然有人凶神恶煞样来拿他,并问:你原来也配姓毛么?毛书官便不敢姓毛了,这就又等于没了姓。可他错就错在偏偏又要去姓他娘的张,张家祠堂的人便又来问他:你原来也配姓张么?

后来的事就是书官没了姓,只叫:书官。

这事到后来是很好听的,也就是书官这狗人的孙子,忽一日跑到区政府去,极其气愤地要求政府给他一个姓。政府的人便以为遇到了疯子。书官的孙子是谁呢?就是周老师周佛生。

"我姓周好了!"那天他便宣布自己姓周。这也是十七八年前的事,当时周佛生还没有上高中,所以周老师周佛生应该有三个名字:毛佛生、张佛生、周佛生。

所以胡子村小学的学生"毛老师""张老师""周老师"地混叫。不精通胡子村时事的人还会以为学校有许多老师,其实只有一个,那就是——周佛生老师。为了把故事讲好,我们就让他姓周吧。

话扯得有些远了,还是让我们讲讲户口的事吧。那就是,你要想到胡子村把人口查清,看户口本子是不行的。比如说胡子村一共有七十八户人家,按户口讲小崽头应该有二十三个,而实际上去学校念书的崽们一共有四十九个。

这也就是说,起码有二十六个崽没有资格在户口上挂名。不能到祠堂里去磕头挂名的故事我们前边是讲了一讲的,比如皮匠书官,既不能姓毛又不能姓张,结果他孙子给逼得竟去姓了周。没有户口的崽们都有些什么故事?

"有户口的崽交六十斤花,没户口的崽交八十斤花呢!"张村长这天就去对周老师宣布。

"不交花就别来上学!"张村长又说。

周老师眼睛一下瞪多大,张张嘴说:"现在的事,可以这么办么?"

"乡长说的呢!"张村长说。

隔天周老师便到课堂上去对那些崽们讲:"没户口的交八十斤花,有户口的交六十斤花,不交花明日就别来上学!"

马上就有家里本不种棉花的来找周老师。比如一心"种鱼"的张二狗,挽着裤脚赤着脚,竟给周老师拎了一条极肥大的红鳃鲤鱼。

"真不让崽们上学了么?"张二狗可怜巴巴地问周老师。

"我说的么?村长说的呢!"周老师翻翻白眼对张二狗说。

张二狗便又拎一条极肥大的红鳃鲤鱼去找张村长。

张村长正在家里全神贯注地吃烟。

"真不让崽们上学了么?"张二狗毕恭毕敬地问张村长。

"我说的么?乡长说的呢!"张村长看一眼那鲤鱼说。

张二狗就不敢去问乡长了,只是对张村长诉苦:"我地里不种棉花你让我把老婆交上去么?"

"你不会去买一些么?"张村长说。

张二狗当下便不免在心里算计算计,找种棉花的人家买一斤花用八元,然后交给学校却只能收回六元,八元是棉花贩子给的价,六元是国家规定的价。

"我疯了么?!"张二狗便有些生气了,站起来说。

"你疯给谁看!"张村长却慢慢说道,"地是国家的呢!拿上国家的田地,你不种棉花倒要种鱼,地是谁的呢?你祖上留下的么?"

张二狗就又不敢发火了,苦着脸回去坐在自家鱼塘边想一回。有鱼在鱼塘里很欢快地跳,泼剌跳一下,泼剌又跳一下,鱼们是高兴的。张二狗就显得更呆,像一段木头。

"别去上学算 ×,你能中秀才么!"张二狗晚上在家里对自己的崽说。偏偏张二狗的崽是极要强的,在班里学习一向好,就"嘤嘤嘤嘤"地哭起来。

"你把你老子哭死算×了!"张二狗不免焦躁起来,胳肢窝挟着一个大蓝布口袋出去买棉花,笑嘻嘻问了一家又一家,偏一家一家都说:"哪有多余的花呢?有多余的就给你张二狗了,要你买么?"话是这么说,明摆着是不卖,张二狗便更火,便火火地去塘里弄鱼。

第二天就有人看见张二狗往集市那边走,挑着两篓要卖掉的鱼。

"有钱还怕买不上花么?"张二狗气呼呼对村里的人说,"就咱们村种棉花么?"

(关于张二狗,我们还能说些什么呢?说他去卖鱼?这有什么好说头?说他去县城集市遇到了泼皮黑脸牛二,手持一把雪也似闪亮的菜刀向他勒索一百块钱,结果打起来,把一尺大或不到一尺大的鲤鱼打得满街乱跳。这事是发生过的,但不是现在,牛二现在在大牢里悔过自新。比如县城还可以再出个泼皮白脸朱三,可这朱三因为狠狠捏了一个卖豆腐的小女子的奶子已被抓去劳教。现在社会治安好得人人见了坏人都敢挺身而出的,并且也敢大喊一声:"住手!我来啦!"所以张二狗根本不会遇上这事。现在一般是什么坏事都不会发生的。现在的麦子、玉米、谷黍照例也比往年长得好。还是让我们说张二狗吧。)

吃晚饭的时候,天边竟有了红红的晚霞,煞是好看,胡子村忽然有一阵大轰动,狗都往各家院里乱蹿乱跑。张二狗这狗人脸子灰灰的竟给人押了回来,押他回来的是两个公家人。就有人跑去把张村长马上喊来。张村长抹抹嘴放下饭碗慌慌赶到,便连声说:"怎么会呢,又去嫖了么?"听了那两个公家人的话,张村长便马上明白是误会了,说:"哪里会呢,张二狗怎么会是棉花贩子,向来不是的!"

"你怎么知道他不是棉花贩子呢?他到处用高价买棉花呢!"公家人神情极严厉地对张村长说。

下边的故事就用不着说它了,是很荒唐的。偏这张二狗又忽然面皮薄起来,觉得丢了一世的人,就去跳自家的鱼塘,竟又没跳成功,被水鸡子样捞起来搭在黄牛背上在院场里转圈,据说就吐出一条蚂蟥。

"这不是唱民歌的张自由么?"后来那公家人中的

一个忽然说。张村长便马上说:"不是呢,这是张二狗。"

张二狗这时已吐得浑身索索乱抖,眼珠子是白的,倒是一动不动,老半天又会动了,一眨一眨,也会说话了,竟说道:"金瓢崽,狗杂种,要你娘×的棉花呐!"

张二狗的崽名字叫金瓢。

张自由

另一种开头倒要退回到十月去,十月的事情很多。阳光照例是好的,雨水照例也是好的,只是风有些不太好,刮倒了两株大花椒树,这两株花椒树都九十多岁了。许多人便都拜它作"树娘"。这也没什么好说的。我们只拣一桩和棉花有关的事讲讲,也就是关于告示的事。告示也就是纸上写些黑字,上边也只说棉花,告诉种棉花的人家,国家原是要下定决心管理棉花的,不许把棉花卖给尖头锐脑的花贩,不许卖给无法无天拿砖头顶棉花的小棉花加工厂。告示贴了两天就被一场雨给冲掉。之后就又来了一辆挂满照片的公家车,车上也只讲棉花,讲棉花里有石块、木头和水泥,或用几十年旧棉絮顶新花的事，然后这车就掉头走了。这期间胡子村已在收花晒花，到处下过雪似的白白的一片又一片。后来这白白的一片又一片忽然又都不见了，也并不见有谁把棉花卖到公家的棉花收购站里去。王家书王乡长便又很严肃地下来，自然先很严肃地去找张村长，张村长自然是很严肃地带了王乡长到处走，到处对人只说棉花的事。这天不免就来到张自由面前。张自由的地一半挖了土去烧砖，另一半却种了棉花。

张自由这狗人向来是见过世面的，向来也爽快，那天便笑嘻嘻又了手和张村长王乡长说话。

"花倒是有的，只是我不等钱花呢。"张自由说。

"不卖掉花你还得找地方放它呢。"张村长开导他说。

"卖也不会卖给公家。"张自由说，这狗人胆子向来是大的。

"你这人……"张村长说，看看一边的王乡长。

"我愣了么？谁给的价格好就卖给谁！哪有拿上东西专去卖低价钱呢，我愣了么？"

（这也算是一个开头，张自由的几句话直气得张村长背着王乡长对张自由狠狠地说："地是国家的！你斗大的狗胆子就不怕收去?"

"要收大家都收呢,我怕么?"张自由笑嘻嘻地说。

"你不想让你的崽上学么?"张村长又说。

"别家的崽呢?"张自由又笑嘻嘻说,"学校里只我家一个崽么?")

棉花贩子的事

只说这天吧,这天竟是八日,有个河东的花贩子便到了胡子村,恰被张村长一眼看到。张村长就怒了一怒,想要让那棉花贩子知道政策的厉害,便马上去叫了治保主任赵苟才,并带了一根马绳,要把棉花贩子绑了往乡里送。

谁想到竟把花贩给堵在土板墙巷子里。花贩被逼急了,两条腿再没处可走,就装着在土板墙下解裤子要解小手。

"你干啥?"张村长上去大喝一声,"你来我们村干啥?"

"我要尿呢。"花贩嬉皮笑脸说,"有政策不许人溺尿么?"

"那你咋就不尿!"张村长等了一会儿说。那花贩原来只把裤子解开却尿不出来。花贩原是见过世面的,竟笑嘻嘻又说:"我不尿,我自家的东西,我掏出来看看不行么?"

这就又是一个传得很远的笑话。

张村长便和治保主任赵苟才上去把花贩扭住绑了要往乡里送。

"捉贼要赃,捉奸要双,我身上有花么?"那棉花贩子笑嘻嘻说。

张村长便傻了眼。

学校故事

一般来讲,胡子村的崽们是都要上一上学的。胡子村的乡民向来都晓得上学识字的好处,比如有些崽上学上的好竟然就去县城上班去了。脚上也穿皮壳子鞋,头上也戴呢帽,这是有过那么几个的。他们是张家祠堂的张明堂和张玉堂,赵家祠堂的赵金才和赵日才。竟然是一姓各两个。但张家祠堂的张家后人还不免说:明年多出一个才好，压过他们赵家。赵家祠堂的后人自然也这样说。这些在县城里上了班的人自然是十分的风光，节假日便提了花花绿绿的点心盒子来胡子村看双亲，这就足见上学的好处。

学校呢，照例有一块长方形的黑板，隔几日就要用锅底黑兑上桃树胶刷它一刷，还照例有一段并没生了锈的铁轨在花椒树上挂着，"当当当当"一敲，崽们就知道要上课了，或者呢，就是下课。照例呢，还有一块二尺长一巴掌宽红油油的竹板片，是打手用的，但又不光打手，比如说，字写错了，就用它打手，如果回答问题出了错，比如把"喜玛拉雅山"说成是"七匹马拉山"，就该打嘴，夏天哪个崽打瞌睡，板子就会打头。胡子村的人们原是拥护打的。"不打不成器呢！"都这么说，一辈辈地说下来，不觉就打到了一千九百九十四年。

学校里照例还有什么呢？当然照例还要有老师和学生崽。这岂不是废话么？可一千九百九十四年十一月九日学校里竟然一下子没了学生崽，照例没有的事发生了。那就是一大早张村长气呼呼叫了会计张金花和治保主任赵苟才把一张桌子摆在了学校门口。

那些赶来上课却没拿棉花的学生崽就都被赶开。

"真不让上了么？"学生崽们一个个欢天喜地地说。

"不交棉花就别来上了！"周老师这么说，脸子有几分阴沉。张村长也这么说。

那学校门口的桌上呢，竟有一张算盘和一挂钩子秤，等着家长们往来送棉花。周佛生呢，自然给张村长叫来坐在一边记名字。

周老师对来上学的崽们一遍一遍地说："交棉花！交棉花！让你们家长交棉花，不交棉花就不让上学呢！"

那自古就圆圆的日头呢，照例是从东头慢慢慢慢升起，慢慢慢慢朝天中间走。闲话少说，这就忽然到了中午，如果不出什么大问题，日头过一阵就要落到西边去。竟没人来交棉花。

"他妈的。"张村长便骂一声，头上有些汗了。

中午的时候，就有叫张宏图的学生崽的家长满脸红赤赤用板子车远远推过棉花来，还没推到学校门口，忽然就从旁边土巷里蹿出一个人，附在张宏图家长耳边说些什么。张宏图的家长就急忙忙把棉花推到一边去了。

张村长便气了，看看左边的会计张金花，问："哪个，是哪个？"

"没看见呢。"张会计揉揉眼说。

张村长便又看看右边的赵苟才："是哪个，哪个呢？"

"没看见呢。"赵苟才也揉揉眼说。

张村长便撇下赵苟才和张金花去张宏图的家（张宏图女人叫什么呢？只叫李识字，却不识字，正在院坝里挑羊眼豆子。她的崽既然上不了学，也坐在那里挑羊眼豆子。李识字的婆婆已经上了年纪，头发也花白了，也竟坐在那里——挑羊眼豆子）。张村长便在张宏图家的院坝门口等张宏图的老子，把烟抽了一支又一支，只是不见人影。日头不觉已朝西偏过去。

他妈的！张村长不免又骂一声，又气呼呼返回到学校里来，这时竟有三家交来了棉花，白白的在学校里堆着。交棉花的三家是：

张贵书六十斤

赵国权六十斤

张牛牛五十五斤八两

"有人开头交就好!"张村长就又喜了喜,把烟给会计和赵苟才每人递了一根。

黑夜的事

如果非要讲一下胡子村黑夜的事,你让我说什么好呢?一千年前的先人们活着不过是白天吃饭拉屎黑夜做生孩子的事。一千年后的人们也不过是白天吃饭拉屎黑夜做生孩子的事。所以说我也讲不出什么。比如再讲后娘给不是自己的亲生子用芦花做棉衣又有什么意思?我现在比较喜欢的是数字(数字一般来讲最能说明问题),比如一千九百九十四年中国一共收了多少斗麦子和谷子?而一千九百九十五年又可能收多少?这个数字一般是需要保密的,所以,我们也没有必要去知道,如果我们人人都知道了,还要政府部门戴眼镜的那些秘书做什么?既然我们现在在讲胡子村的事,那么我们只要知道一下胡子村的事就足够了。比如说,有三户人家交了棉花的这天夜里胡子村出了什么事?为什么忽然有很多人都纷纷去找这三户人家,鱼贯地你才走,鱼贯地他又来了。

因为许多人鱼贯地来来去去,所以我们极难统计到底有多少人去了这三户人家的家。虽然如此,他们说的话我们还是能听到一句两句,比如一句两句话会从张牛牛的家里或赵国权的家里飞出来。

"就你家有棉花么?"这句话愤愤地从张牛牛家飞出来,恰恰给站在外边的赵二狗或张三斗听见了。说这话的自然是那些去张牛牛家的人。

"我想交么?一斤花赔两元钱呢!"这是张牛牛的话了,也愤愤的。

"法不治众呢。大家齐起心来,他们有法子么?"这又是另一个人在说了。这话是从赵国权家里不小心飞了出来。说这话的自然不是鼻子通红的赵国权。

"崽的前途要紧呢,交就交吧。"这是赵国权的话,照例是瓮声瓮气。

"就你崽是个崽么!别人的崽不是个崽么!"说话的人愤愤的了。

究竟有多少人鱼贯地去了张贵书、赵国权、张牛牛的家呢?他们又都愤愤地或不愤愤地说了些什么?我们一时真说不清,只是,人们对张牛牛这三家都很不满。

白天的事

太阳升起来就是白天了,如果碰巧有了黑云有了大雾而遮住了太阳,那也不能说它是黑夜,也照例要叫作白天。白天都会发生些什么事呢?

这个白天,张村长照例叫了会计、治保主任和周佛生去学校坐在那里收棉花,照例是没人来交。这个就不说了,只说张贵书、赵国权、张牛牛忽然都脸上堆着笑来学校找张村长,并且每人都拉了平板子车。张村长便明白是什么事,便站在学校门口听张贵书他们三个笑嘻嘻地说话。张村长只把脸转向一边,那一边有什么呢?照例是只有几只鸡婆专心致志地在土里找米谷虫子吃,扒扒,啄一下,扒扒,啄一下。张村长只觉得自己的心在"突突突突"乱跳。

张村长看着一边说:"真要往回拉么?"

张贵书看着村长的脸说:"真要往回拉呢。"

张村长看着一边又说:"为什么呢?"

张贵书递一支烟给张村长,说:"我们这么做要得罪人呢。"

赵国权和张牛牛便也一齐说:"要得罪人呢。"

张村长便看定了张贵书:"我若不许呢?"

张贵书笑着说:"哪会呢?"

张村长便又看赵国权和张牛牛:"拿国家开玩笑么?"

张贵书说:"那谁敢呢?"

张村长便说:"那就别往回拉了,做一回模范。"

张贵书便笑笑地说:"村长你会胳膊肘朝外拐不向着我们么?"

赵国权和张牛牛便随了一齐说:"哪会呢,张村长哪会胳膊肘朝外拐!"

下边的故事便是张贵书、赵国权、张牛牛,各自去拉自己的棉花了,自然把昨天从会计张金花那里拿的盖了红章子的白纸条又放在桌上,张金花便把那条子一下一下地看。

"你们是要公家么?"张村长愤愤地说。

这就是白天的故事。讲故事是要有尾声的,这白天的故事的尾声自然就又到了夜里,夜里竟有人听到张村长的老婆在哭,据说张村长在打老婆了。其实并没打,张村长只是把手里的一只饭碗搛出去,一下子搛到立柜的大镜子上,"哗啷"一声,那镜子竟四分五裂了。

"我明年再当村长就是驴日的呢!"这是张村长的话,也有人说是张村长老婆的话。

其实张村长倒是说了这么一句:"一个个都是驴日的货,那几年扛锄柄、吃粗饭、挣工分,×毛事没半根,迟早公家把田地一块块收回去,到时个个都会像个人!"

这就是白天故事的尾声了。如果再有尾声,那就是张村长气愤地和老婆做事了,一边起伏一边用力一边喘嘘嘘说:"我日你张贵书!我日你赵国权!我日你张牛牛!"

这竟不是笑话,这事后来竟被说得绘声绘色,原来有人去听房,听房的竟是赵贵书。赵贵书长得又细又瘦又高,脸子白白的,外号竟叫个"下夜"。这你就会知道他比较喜爱夜里不睡觉。

"你还日谁呢?"赵贵书据说在外边听房听得就生了气,就隔着窗子对张村长说,"你张村长还在老婆肚皮上日骂人呢,你连学都不让孩子们上了,你还算个村长么?你还骂谁呢!"

"我日你赵贵书!"

据说张村长实实在在是气极了,连赵贵书也骂起来。

学校故事

我们讲过张自由原是爱唱歌的,后来竟唱到县城里去,后来竟得个大奖。那支得奖的歌只叫作《谁们见过这些怪事情》。歌词原是这样的:

正月里,正月正,一锅开水冻成冰。
二月里,二月正,俩月的崽娃害牙疼。
三月里,三月正,三小儿骑猪走亲亲。
四月里,四月正,四根麻杆子拴光阴。
五月里,五月正,五根筷子盖楼厅。
六月里,六月正,六张古画挂茅圈。
七月里,七月正,鸡蛋破了缝七针。
八月里,八月正,八十岁老汉出了四六风。
九月里,九月正,九个拐子直嫌路不平。
十月里,十月正,十个哑巴念真经。
十一月里,十一月正,十一个瞎子遍地拣花针。

十二月里，十二月正，腊花娘爬梯摘星星。

十三月里，十三月正，谁们见过这怪事情。

张自由头上顶一个柳条笊篱，两耳各挂一只红辣椒在台上一扭一扭唱，下边就直叫好，便得奖，便东也请去唱，西也请去唱，便见世面，便知道泥土弄成砖能挣钱，便知道了应该让娃崽好好念书。只说一千九百九十四年十一月九日这天，张自由便用板子车把六十斤棉花推到学校来。

张村长便看棉花，成色也算好，又看看张自由，说："你不会再拉走吧？"

"我会么？"张自由说。

"我是为了我的崽，并不是为哪个呢！"张自由又说。

便过秤交棉花。交了棉花，张自由便叉了腰问张村长："我交了花，你不会不让周老师给娃崽上课吧？"

"你说会么？"张村长说。

"一个崽也上得么？"张自由说。

"一个崽也上得！"张村长说。

张自由的崽水磨便去上课。周老师站在上边讲，下边只有水磨一个小崽头听，这是从没有过的事。讲着讲着

周老师忽然笑起来,一屁股坐到张水磨对面,对水磨唱道:

十四月里,十四月正,一个老师讲课一个学生听,谁们见过这怪事情。

这就是学校里的一件事了。别的学生崽呢,都各自玩各自的,或帮家长去簸米谷,或干点别的什么。

十二月

到了十二月会有什么故事?阳历十二月的时候正是阴历十一月,雪是"飞飞飞飞"下了一场,因为下得很薄,所以很快就化了。学校里还只是张自由的一个崽上课。周老师也没心情再做趣味游戏,倒有喜鹊天天落在学校院里的老花椒树上"喳喳"叫。设在学校门口的桌子、秤、算盘也早已撤走。我们只说说张二狗的崽吧,已经学会了卖鱼,并学会了把死了的小鱼往大鱼肚子里塞的本事。张二狗便常带了崽去卖鱼,上学的事再不提。又比如村北赵猪儿的崽,竟学会了吸烟,把房檐下的烟叶扯一片下来卷卷，躲在茅仓下抽，竟着起火来，烧了两垛玉茭和一垛胡麻，赵猪儿便说，明年要发旺了呢！便气狠狠去找张村长："还不让崽们上学么？"

"你交了棉花么？交了么？"张村长原是没好气的。人人都知道赵猪儿这年的棉花收得好。

赵猪儿便背抄着手去了张自由家。阴历十一月的天气还不算冷得狠，赵猪儿便求张自由让自己的崽小猪儿去砖窑上倒砖坯。

倒有人笑话赵猪儿。笑话赵猪儿的这个人只叫了张仁官。张仁官说："隔几天就考试了，还上个×课哩！你莫急，到了明年六月会没有人下来把崽往学校里赶么？"

赵猪儿想想也是，十一月到明年六月还有七个月哩，赵猪儿不免有些犯愁，当然犯愁的不止他一个，比如叫张喜存的就让娃崽贩了猪油去卖，竟也卖几个钱回来。

"不上学还不会卖狗日的猪油么！"张喜存对人们说，竟又不愁了。

日子就这样过下去。这竟能算个故事么？

王乡长这日又下来到胡子村，很生气地问张村长："竟没人交么？"便去喝酒了。

喝过酒，王乡长不免又随了张村长去学校看看。学校的老花椒树上落了两只黑喜鹊，"喳喳"叫两声，"喳喳"又叫两声，"喳喳喳喳"叫过后就不见了。这算个故事结尾么？

结　尾

确确实实的结尾倒应该在第二年的六月。第二年可惜还没来，但我们是可以想想第二年的事的，我们向来是喜欢想象的。我们可以想象张村长和周老师忽然就被乡里点了名，张村长便被赵村长换下来。周老师便被一个叫张米花的人换下来。张米花原是念过高中的，人是胖胖的，也是喜欢教书的，只是有些粗心，比如点名，点到一半会停下来问崽们："我点到谁了呢？"便又从头点。又比如早上起来梳洗打扮，向来要描描眉毛和眼皮的，但有时就只描了左眼却忘了右眼的存在，就那样走出去给崽们上课，下边的崽便会齐声笑起来。又比如涂嘴唇子，涂了上半片嘴唇有时就忘了下半片，或者呢就是涂了下半片竟忘了上半片，就那么走出去。总之她的记性是不大好且又粗心得可以。就那么上了半月课,依旧还是请周佛生来当老师。

"张米花讲得挺好呢!"周老师对新村长赵子岳说,"怎么倒不让她讲了呢?"

"明年用到她再说吧。"新村长说。

这算个好结尾么?

这么交待,也说得过去,如果没有再好的结尾的话,如果诸位读者同意的话。

这就是个结尾了。

结尾之二

真正的结尾在哪里?仔细想想,倒应该又在第二年春天。人们注定都忽然觉得棉花好,注定家家户户都要乐呵呵地去种棉花,注定乡里也下来人乐呵呵地做指导,注定忽然又有了让人乐呵呵的新政策,注定棉花长起来时棉花贩子也要来,注定还要给定金。而不注定的呢,也许棉花贩子又要送"棉花神"的画儿纸给种棉花的人家,棉花神注定是一个老得不能再老的白胡子老头儿,一脚踩着一条专吃棉苗的虫子,手里举着一大枝棉桃,乐呵呵的样子。棉桃胖得比祭祖的馒头还要大,花杆子上还串着金灿灿的元宝。人们便把棉花神像供在家里,棉虫生出来时照例就给棉花神烧香。这不细说也罢,细说也没多少意思。

还可以想想见过世面的倒是张自由这狗人,这年他可能也种了棉花,却可能没有贴棉花神的画儿纸,倒贴了一张毛主席的像在墙上。张自由这家伙向来把毛主席叫作"毛菩萨"。张村长狠批评过他几回,也改不过来。

张自由的崽呢?自然去重新念一回五年级,又坐在那里念早已会背的老课文。比如《老水牛爷爷》,或者是那一课专讲雨花的课文。课文是写得很动人的,比如下边这一段:

也许你会说,这是很普通的事,但我想,你一定没有忘记前几年乌烟瘴气的情景,当步履艰难的老人被蛮横地撞倒时,肇事者——十二三岁的小孩竟会发出一声声令人痛心的笑声,扬长而去。你当时是怎样地嗟叹与伤感,然而眼下,你不觉得这小小的雨花是多么的清新可爱吗？朋友，正是崭新的时代精神的照耀，雨花灿烂生辉了。我赞美这瞬间即逝而又层出不穷的花卉，一代新风将它纷纷扬扬地洒进了我们日益灿烂的生活。

这课文后来的部分被张水磨这小崽念出来时却错念了一个字，竟变成了这样：

你不觉得这小小的棉花是多么的清新可爱吗？朋友，你一定明白了，我为什么非常喜爱棉花，正是崭新的时代精神的照耀，棉花灿烂生辉了。我赞美这瞬间即逝而又层出不穷的棉花，一代新风将它纷纷扬扬地洒进了我们日益灿烂的生活。

这算个比较好的结尾么？

结尾之三

我们还可以想象一个极好玩的结尾，那就是张自由又被请去唱民歌，倒比往年又多唱出一个月来，那就是：

"十四月里，十四月正，好学生倒成了退班生，谁们见过这怪事情。"

但事实上，张自由因为交棉花的事上了火，嗓子已哑得只能唱个调门。这才是真正的结尾了。

过年时，王乡长不免问张村长。

"过年闹社火，张自由真唱不了了么？"

"到时候再说。"张村长说。

"又该布置种植棉花的事了。"王乡长又说。

"到时候再说。"张村长说。

好坏杂录

· 上 卷 ·

好 峁

山西省从地图上看简直像只碧绿的草履虫。发生这个故事的准确地点有人说在这个草履虫的尾部，有的说在草履虫的头部，也有人说发生在草履虫的腰部。总之，传闻之多正说明发生这种事情的地域之广。如果走出这只碧绿的草履虫，也许还会在别处发现这种事情。

比如说陕西、河南、河北……

所以十分准确的地点是没有的，但有一点可以肯定，是发生这个故事的地点极其偏僻。偏僻的意思就是离公路极远。我们知道一千九百四十九年以来我们可爱的政府在能修公路的地方尽可能地修了一条又一条。没公路的地方诸君可想而知。许多人习惯性地把发生故事的这个背景叫作"穷山",实际它有个"好峁"的名字。它的附近还有个古怪而温馨的地名叫:"好女圪坨"(但那里是否出好姑娘我不大清楚)。

好峁的乡民习惯凿窑而居。窑洞的基本特点是这家的窑顶就是那家的院子。周家某汉子在院里抬头想看看天色是否适宜出去种豌豆,往往就一眼瞥见柴家的红脸后生在叉着长腿专注地撒尿。往下也许就发现某家婆姨在慢慢推石磨。身子伏在磨杠上,手里拿着把三角形小笤帚,并且肯定有只黑羽红冠母鸡在她身后跟着并紧张地躲躲闪闪。

这个地方最让人发愁的是吃水。

下山,肯定是走二十多里路,但许多人将想象不出水在一孔旧矿井里!在一个六月潮热的日子里将发生什么?肯定你猜不到有人目睹一群胳膊粗的蛇在井口扬起脖子狂舞!

这件奇异事使不少人做了恶梦。所以去挑水的人必定不是一个,而是结伴而行。这里还要蹦出一个芝麻大的小插曲,发生小插曲是因为这年秋天有人要去县城卖一些兔子皮。这种兔子皮的颜色和某种草籽相似。卖兔皮的当然是一些后生。小插曲发生之前是上路的后生们照例吃了米糕,这在好峁是一种传统节目。上路之一的叫周大丰的红脸后生突然走到老不死魔老的眼前,发现七十八岁的魔老在用一只干枯的手在招呼他。周大丰凑过去模模糊糊听到魔老的牙齿磕碰声中有一句话含含糊糊滑泄而出。

"去向周花子要那二十两烟土!"

魔老有时清楚有时糊涂,这时候肯定是发糊涂无疑!总之一窑洞人嘻嘻笑了一气然后就没有然后了。

"二十两烟土是个什么价?"一千九百八十八年许多好峁乡民都换算不来。

地名考证

以前的旧名极不光彩——"狗×洼"!好峁附近的几个村子都对这个旧名表示鄙视(更主要的是这里曾

出过一个被砍了头的角色,后边我们要讲到)。在民国年间好像为地名还流过血(这详详细细记载在县志上)。总之后来人们才慢慢知道狗×洼的好处,便有人偷偷迁移过来,这就使好崈得以发展并有了"好崈"这个好名字。

好崈从地形看与其他山又不大一样,当然也是石头与土的混合,也就是说既不纯是石头山又不纯是土山,可以说土地和石头参半。石头一律像笋子一样怒气冲冲这里长一簇那里冒一簇极不规则,所以庄稼地被挤得零零碎碎。这地形后来给上山丈量土地的那一男一女带来满脸迷惘,这两个丈量者走来走去又发现自己回到了原地。

一千九百七十年好崈这一带有一个数字一直保密,但到了一千九百八十八年那数字却已是一件老太太嘴巴般腐臭的旧闻:

好崈东乡马脊村饿死人口十八。

好崈西乡牛码头饿死人口十二。

好崈却无这类事发生。那年旧历年而且还唱了一台草班小戏。所以附近的乡民像饥饿的鼠群趋向粮仓一样纷纷往好峁迁移,这就肥了一个人。这人长得阔面大耳一脸福气,这家伙在五十八个女人肚子上轮番作乐而精气不衰,其中有二十三名是县里姑娘。这人后来被百里迢迢押到县城去吃一粒黄铜枪子儿。据说临刑时脸色突然碧绿。好峁乡民说这是苦胆破裂跑到脸子的缘故!

反正从一千九百七十年以后好峁已是这里的正式名称了。

关于它的旧名我想在这里再提一句。

和所有村子有井一样,好峁村西原来也有井,井水会日落夜满涨(并非什么间歇泉,或有其他什么神异之处)。其道理十分简单,水落的原因是牛们马们驴们羊们人们来此纷纷饮水,到了晚上便又汩汩溢溢地流出来,在有月亮的晚上就闪闪烁烁。这井在好峁西边两山之凹,山凹处常年青青长满好草。站远处看清清楚楚狭长一带,黑窟窿位居中间并流水潺潺。这样你就会明白好峁的旧名的写实意味。好峁乡民在一个时期都避讳旧名,都满怀豪情地叫咱们好峁,只有昏庸如魔老这种该死而还不死的怪物才会冒冒失失说一两句:"咱们狗×……

院落素描

下边将进行院落素描。

好崏院落真没多大意思。院子、房子、墙大多是下死力用土夯的,所以到处是黄黄的,到了秋天茅草也黄黄的凑热闹(马坤干到这里来写生,突然觉得黄颜色带少了些!马坤干是谁?当然是位画家)。总之这里极像是远古遗迹,这你可以去"半坡"领略一下。

先讲一下窑。

掏窑之前一般要先选一面积大土又甚厚的土坡,把坡从上往下笔直铲平,平成一个直角,然后撅上屁股开始吭哧吭哧掏。小规模的是掏一个窑,然后安窗安门。大规模的是先掏进一个大窑,然后在掏进的窑里一左一右再掏两个小窑。这一左一右的两个小窑都要开窑窗。窗上照例有些文化设置,那就是端午节贴蝎子公鸡一律用红纸剪就。旧历年贴的各种窗花则必有一种五子登科,窑里照例要干一些男男女女的事然后照例是生孩子,孩子大了照例要干男男女女的事然后又生孩子。这就是人类简史。

再说院。

院子虽然说是用土夯成的，但大多院是用石头极自由散漫地围上一遭，顶多二尺高，只防备狗蹿羊跳并栽上刺丛，那些刺丛上又常常挂一绺两绺兽毛，说明有牲口大胆妄为从上边过。这种事一般以发情期为多，发情期的牲口热情高一些。院子西头必定有个石头圈的半人高的所在，统统被称之为茅厕。男人女人都要到那里撅着一律圆圆的白色屁股去解大手，人们无论脸子上有多少区别，屁股却一定是一样的。解小手男人们就比女人优越，所以不少土墙都留有男人们的杰作，一些深深浅浅的洞洞和凹痕，洞和凹痕的深浅显示年龄大小力度的不同。

所有院子东头又都可以看见稍稍隆起的土圈儿。圈儿上必定盖着石板，这就是山药窖。在冬天揭开石板，石板的一侧一定结着厚厚的冰霜，人们一年食用的山药都在这里做春天的鬼梦。春天时人们必定要在窖里窖外忙一阵，往外倒腾山药籽，有晕倒在窖里的就被拉上来去吹风，一刻半刻就好。然后再呆头呆脑下去，去对付那些纯蓝色的山药芽。也有就死在里边的，但并不多，大概民国年间发生过两起。

总之好崀的院子一般都呈长方形，南北长而东西稍窄。院门又一律是木栏，只防止猪羊们作乱逃逸。这里还没听过绿林贼盗。这是好崀院落风貌（附带说一句，好崀只有一座最好的房子是金砖金瓦，是尼姑庵）。

再说一点。

就是好崀乡民没有种树的习惯和欲望。夏天也就没那种粗壮威风的大赤毛虫在院里蠕蠕挺进，令鸡们惊喜万分飞落饮啄。这里鸡不少，有公的，母的当然也有，且大多是黑羽赤冠。鸭子是从来没听说过。人们只知道世上有种扁嘴鸡专会泅水取乐常常把蛋极不负责地屙在水里，谁想吃蛋便可以去水里摸一摸，留在水里的蛋往往就会变成四只足的鳖。这是一代代极认真传授的知识之一。我们在这里要记述一些严肃认真的事，所以这些乡野杂闻将略而不谈。

口音问题

为便于诸君对好崀的印象更清晰一些，这里有必要提示一下好崀的口音。语音变迁这个问题极为复杂，想探清其渊源是不可能的（这已累死了不少语言学家，另外还有不少语言学家也将被累死）。

简单说一些好崤口音特点吧。

从地域上看，好崤在山西这块地方是确凿无疑。当然它离东三省极远。但这里的乡民把人叫作"银"，把肉叫作"又"，东北人把"这儿"叫作"这疙瘩"，把"那儿"叫作"那疙瘩"。好崤把"这儿"叫作"这骨朵"，把"那儿"叫作"那骨朵"。其实这不难看出是一种语音变异。这就将给人们造一个大马蜂巢似的疑团！是大批笨拙而多情的东北人一路唱着粗歌从这里浩浩荡荡去东北打天下呢？还是东北某氏犯了命案或花案千里迢迢不偏不离恰恰匿藏到好崤这里并繁衍了这么多后代？

总之东北人如果来到好崤可能不会觉得陌生，这里的骂人话也极特别，如："日你妈那个叉！"这也显示了某种文明程度。明白了吧？好，下边将要正式开始。

雨季故事

故事发生的背景是好崤产生了一些并不离奇的变化。

实际上这个世界一直都在变来变去，但变来变去的结果是好峁乡民渐渐明白怎么变也基本差不多。总之是有人管天下，有人在种地（但对于猪肉一下子从八角钱涨到三元七角一斤好峁人却大感不解）。好峁这个时期的变化扼要一点说，就是那些头缠蓝布帕的乡民已经开始鄙视这里的土地。鄙视的直接表现是不少乡民开始往山下迁移，给好峁留下一孔又一孔空洞而哀伤的破窑。这些废窑便被不少不曾弃土离去的乡民做了放柴草的好地方。因为放了柴草所以就有一些故事在里边发生发展。

总之是有人钻进去（一个人两个人都有）。小孩子们钻进去做些什么内容不详。后来有一男一女钻进去并且满窑柴草开始起伏颠簸"哗哗"作响被窑顶一只游手好闲的黑猫看到。

这一男一女就是：周禄川、柴月香。

人们鄙视这里土地的重要原因尚不太清楚，总之有一点是因为山那边阳坡开了煤窑，并且有许多黑头黑脸的汉子在里边出出进进大把抓钱，恐怕这算是主要原因。不愿让姑娘嫁给本村也是鄙视这块土地的另一种表现。这种做法的直接收益是好峁给自己制造了精力过剩而无用武之地的年轻英俊和已不年轻英俊的光棍。所以这些光棍们又纷纷逃亡到山下去黑头黑脸地做工，策划要老婆传宗接代的事情。这就更加剧了好崀的衰败。

一米七五，淡眉中眼高鼻梁的周禄川就是光棍之一（实际上好崀许多人都不了解这个后生，只有在事情出了之后人们才明白有一种事发生了）。

当然他和月香在一个下雨的下午深一脚浅一脚满脚泥巴从好崀逃出去可能在实际意义上已不是光棍。但问题是这两个该死的逃犯如今在哪里？这很难说（但大概没逃出这只草履虫）。他们久久不露面说明他们在一心一意做逃犯。虽然村子里不少精壮后生去找过他们，但眼下已停止这项烦人的工作。停止寻找的原因是找的时候要让月香唱"主角"，而眼下这主角已由月香的胞妹桂香"哇哇"尖叫着代替。

八月八日是个正正经经的日子。

正正经经的日子里在柴家南北狭长的土院子里桂香眼睁睁看着那只硕大的黑羽公鸡被魔老用菜刀"砰"的一下子搞掉首级，古古怪怪的秃脖子吐出一滩古怪的黑血。那两只茁壮的鸡腿一开始勇猛蹬动，但不一会儿就瘫软无比。魔老听见桂香"哇"地怪叫了一声,就看见她拔脚朝外跑,这时候那几条极粗壮的胳膊马上把她扯了回去。四个精壮后生扯她的时候,她的新衣服上的一只扣子迸落了下来,并在院子里雨湿的泥地上滚了又滚。被另一只黑羽公鸡奔过去啄了一下,又啄了一下,一时间这只鸡显出迷惘的呆相。然后又啄一下,后来公鸡的表情是悻悻的。

窑里等了许久的那个年轻后生则开始"嗯哧嗯哧"满脸臊红地脱衣服。总之这后穿了三件衣服,外衣、衬衣、背心。红背心脱掉马上就露出男子毛扎扎的乳房,桂香又哇地叫了一声,并像只虫子掉在炉盖子上一个劲扭动。

"都这样的,过后就好了。"

这个声音肯定是那几个干枯黑瘦的老不死们说的。这些老不死们的特点是腮帮一律凹陷。他们在外边窑炕上静静坐着等待着完成一种仪式并慢慢抽烟显得十分安详。一切都按好崂规矩进行(估计他们对里窑的事情不会十分有兴趣)。女人们在正正经经的日子里都表现出一种羞怯。

当然老怪物魔老也走进来马上缩在炕上,全好崂数他大这毫无疑问。这时一个近七十的老女人急匆匆将一块一尺宽二尺长的白布递进里窑。这是桂香的妯子之一。她不知刚从什么地方走过,脚上踩着两大坨泥。不一会儿她就去门口擦脚上的泥,擦泥的时候她放进来一只黑羽赤冠公鸡。她搓脚上的泥时好像忧心忡忡,朝院西望了又望。

也就是在这个时候天开始轻柔地下雨。窑里的老家伙先看见院里的那几只呆头呆脑的羊怯生生走进窑来就明白是怎么回事。羊背上都湿漉漉的,靠墙的那只羊把浑身抖了抖,雨点便落到魔老脸上。这只羊有模有样抖了抖然后就开始郑重地拉屎,尾巴极斯文地掀了一下,地上便铺了一层黑豆样颗粒均匀精美的屎。这时桂香在里窑又狠命尖叫了一声。这一声尖叫意义非凡,说明某种事情的开始或结束。

总之叫声没影响外边的雨越下越大。这时就又行色匆匆进来一只黑猫(我们好像在前边已提过这只杰出的猫)。这只猫也是湿漉漉的。它轻捷地一跳,极像无声电影中的镜头,静静舔了一会儿自己的毛,然后开始在魔老身上蹭。这只猫的眼黄乎乎的,尾巴竖起并慢慢摇动不知有何含意?

里窑桂香的尖叫每一声都很尖锐。羊和猫大体不知道窑里发生着什么，拉完屎的那只羊正低下脑袋以研究的态度在嗅自己的排泄物。那只黑猫又游行到另一个黑瘦老朽的老家伙身边，总之猫觉得自己在一些有温度的石头间快意逡巡。这时候老家伙们一直在静静地发呆，都像一截木头。也有一个吐痰的，痰稀薄无力地落在地上毫无声响。桂香婶子根本没注意有一口痰飞落在她的鞋子上。

按照好崩仪式，她把白布递进去然后还要由她再把白布拿出去展示（好崩很郑重地对待这种布并把这种布一律叫招子，准确一点的说法是女儿招）。

招子的考证

要是想欢欢喜喜在这里读一篇小说，那你将要失望。我很久以来就想搞一些民俗学和历史方面的研究，但这个雨季里黑色云层一直压得很低显然对我产生一种不良影响，所以我改变原来想法只想简简略略潇潇洒洒做一些笔记。这样的笔记我已完成了七本，它们都安详而亲亲密密挤在一起呆在我的蓝色书架上给治学态度严谨的蛀虫们研究得千孔百洞（蛀虫古称书鱼）。

还是说招子吧。招子是一种什么物件？你可以认为它是好峫文化的一部分。

眼下大中型城市开了不少酒吧和咖啡馆，但一般都看不到招子了。但好峫的乡民是要看招子的，好峫乡民看了招子马上就会兴奋地指出它们各自代表什么。事实上这是一种国际语言，如果到了陌生地方看不到招子，好峫乡民会着急上火的。

这种招子一般都挂在酒铺或饭店的门口，招子下边的穗子一般是迎风款摆的红布条儿，远看十分醒目，所以才会给一些人留下很深的回忆。现今好峫有不少老家伙如魔老就常常发一些针对时事的感慨。比如鄙视眼下的饭铺连手巾都不给擦擦。这种鄙视与某些饭店没招子大有关系，我想这种鄙视不仅仅是好峫的事。这种招子的历史当然远远超过霓虹灯之流。这你可以去找《清明上河图》看看。但"女儿招"我不清楚除了好峫别处是否也有，总之女儿招的图案和样式极简单，只不过是白布上有些红红的东西。直接地说吧，那红红的东西是女人的血。这种女儿招旨在证明一种货真价实的贞洁，另一层意思是向人们宣布某某女儿已成定局的归属。用好峫乡民的话就是"生面做成熟饭了"。

好崀乡民至今对日本国旗怀有一种深刻的鄙视,这我们可以从这里得到解释。抗日年间好崀乡民一律对太阳旗有另一种叫法:"日本招子!"

这里有必要提一句,当然不是所有好崀女儿都必得要去"印刷"女儿招。桂香的姐姐月香是因为不顺从而被拉扯着强迫印刷过一回的。至今月香做了逃亡者不知下落。她的事情我在下边就要说到。

"你这些材料像些什么?"看到这里我想不少朋友会这么问。

我告诉你我一直想从民俗学这个角度去演绎历史!这是非默劝我的,可非默又是谁呢?

迁移现象

好崀古时五户称一部,十户称一落,百户就称一旗了。那时有无户口花名册我们不得详知。好崀在明代或再早想迁移户口是否得捉上肥鸡去找某长?这我们也不得详知。总之我想那时比较地自由浪漫,聚居方式也多是逐水草而居。水草好的地方就往往形成一个村落。当然这一般指牧民,好峁则应该略去一个"草"字。逐水而居,有水有土则可活人。再者是逐道而居,居住在要道附近。

天下之势,合久必分!总之阴阳轮回眼下是到了一千九百八十八年,好峁的许多乡民纷纷弃好峁而去,迁居的方法和细节很多。当然我们不能都讲一下!总之迁移的最简便的方法就是把姑娘嫁出去,然后再合家迁到姑娘的婆家所在地,这必得事先谈好。这样,诸君就会明白月香老子为什么会脸子煞白大怒拂天地怒吼,非要月香嫁给化肥厂那个后生。

这个后生必得有一个名字是不是?我们就把他叫作周大货,周大货在这个雨季穿了三件衣服,里边是件红背心。我们好像在前边已经说过一个姓周的叫周伯虎?我们不妨把周大货看作是他的后人(这没多大关系)。

周大货认识月香这是在情在理的事。周大货是好峁人后来离开好峁去红沙坝子当兵,他伏在地上长久地练习瞄准瞄得肚子下一股热气郁结不散!他根本想不到后来复员会被分配到××县化肥厂整天去看比鼻涕还黄的浓烟,不冒烟的时候烟囱上就落满一种灰鸟。他更没想到再后来会把家里人全迁出来！周大货离开好峁只有十七岁，后来他把全家迁到化肥厂，他父亲周银宝就操手望天做了化肥厂看门老头！

周大货的祖父据说四十年不曾洗澡是因为要保持元阳。他发誓愿老死好峁所以这就又创立了周大货月月回好峁的规矩。这之间周大货也没想到月香老子想让月香嫁给自己并被自己破了一破（而后来娶的却是桂香），月香老子据此提出全家迁到化肥厂这自不在话下。而且桂香也事先被自己破了破（这我们在前边已经讲过）。

这是迁移的一种办法，或者是一种形式。

不少后生喊喊喳喳说周大货这小子福份不浅。我想你不会不明白！这个雨季不少好峁乡民都冒着雨去扳蘑菇。一边把又大又壮纷纷破土而出的大蘑菇扳倒一边讲这些闲话。

不少人说月香真是条贱母狗，但怎么贱又一时说不清白。莫明其妙。

实际上好峁乡民是在扳蘑菇的时候看到周禄川和月香的。周大丰看到山下那小小的两个黑点当时认定是野猪。过后一想野猪不会走得那么慢，而且怎么会朝公路那边走?

实际上这应该是某篇小说的正式开头。从周禄川和月香逃掉时开始。

(这里要说一句,周大丰和周大货并非兄弟。)

·下 卷·

雨季故事二

"该给贱货月香脸上烫印才好!"

月香和周禄川逃掉的那天晚上,魔老这么说。这天夜里不少人气愤地聚到魔老的窑里听月香老子唉声叹气,便有人遗憾地说给坏女人额上烫印的铁模子可惜早已失传,又有人说那东西难道真是一朵铁梅花?放在炽红的炭里烧得通红,然后着四五个精壮后生把那女贱货一下掀翻然后那女的额上必定就有烧疤如梅花状,走到哪里被人唾弃到哪里。

"怕不是铁梅花吧?那不美了贱货!"当下又有人说。

"怕不是鞋底上的铁泡钉子?"便有人脱下布底鞋仔仔细细检阅那两排铁泡钉。实际上就在这时候好峁乡民觉得出了好峁就不是好峁的天下,周禄川和月香怕是一时半刻找不回转了(出去寻找的人都已经回来)。

魔老说好峁从民国二十一年起就没出过这种荒唐事!也就有人骂月香这贱货既被周大货破了红还会跟别人跑!

"连自家闺女都管不牢!"

魔老对月香老子说。

月香老子被人们说得冒了虚火,觉得胸口空荡荡的,脸子涨得彤紫如猪肝色。

"你咋交待大货那小子?"魔老又说。

"母狗!"这是人们听到的月香老子的一句话,身后墙上是他好大的影子。

"月香这女子——贱!"魔老说。

"狗!"月香老子又吼一句,脸色愈加如猪肝,停停一窑人就听月香老子说:"月香不能我让桂香替!"

"好!"魔老说。一窑的人都盯着月香老子发呆,都不吱声。这一夜好峁乡民听到月香老子娘在自家窑里哭骂。有人认真听,有人听腻了就睡了。总之这种事情人人都想得出来。月香娘一定是挨了揍缩在窑角里咬着灰布围裙哀哀啼哭。生了贱货就该挨揍这在好峁毫不为怪。后来哭声突然变细变尖,人们猜到是月香妹妹桂香哭了。这个哭声极像纺车轮子上的线牵牵扯扯一直到明。早晨的时候人们看见月香娘眼泡红红的端着一盆黄米去推面,都知道这天要办事情。

月香娘身后跟着的那条狗走走尿尿,这个雨季不少狗都长了癣,斑驳得难看。

月香是秋天生的,桂香也是秋天生的,都生在九月二十。用好听的话说是双生。那天月香老子满脸晦气,说要这么多女娃做什么用!外边正下着雨,月香娘坐在炕上的一堆草纸上,听见草纸吮吸血水的滋滋声。月香老子就把桂香用两只大手托着往尿盆里放,刚放进去尿盆就裂了。

这话听来不像真的,但都这么说。

月香老子脸子煞白地又把桂香托起在手中。这是桂香简历。

"你嚎你嚎你嚎你娘个×!"

后来天明的时候月香老子一脚跨进桂香的窑吼了一句。

桂香的哭声顿时消失掉,泪水从她的双眼流下来,她抬头看她的老子,感觉到外边窑有人。

这时候那四个精壮后生已经出现了,坐在外面窑炕上抽烟,八只泥坨子鞋在地上黑乎乎像四对猪仔只是不动。

接下去实际上是一种重复,重复几天前的事情。几天前桂香的姐姐月香就这么在窑里哭,被这四个精壮后生扯到窑里让周大货破了一破。

好崈人认为这只不过是一种婚娶形式。

桂香后来就不哭了,过了一会儿说要喝口水。这时她瞥见那只黑猫眼黄黄的在外窑地上一蹿。实际递进水的是桂香婶子。桂香婶子眼神闪闪烁烁说:"你喝吧。"又说:"老辈人都这样!"又说:"四虎他们守着你呢,你要不跑就不那个了。"桂香盯着婶子鞋底的两坨泥,奇怪她脚上怎么会有两坨泥。

这时桂香就听到院里那只鸡叫,她站起身时没人拦她。走到院子里她看见砍掉头的鸡脖子古古怪怪正往外吐黑血。其实这时候那四个精壮后生也下了地把鞋子穿好。他们注定桂香要跑，桂香也注定自己要被扯住。

她盯着地上那只马上要死掉的鸡哇地叫了一声就跑，这四个精壮后生"嘿嘿嘿嘿"叫着把她扯定了。这时院里就又有人进来笑嘻嘻说看看桂香。后来这些人在院门口让开一条道好让桂香妈进来。桂香妈已磨好了面，身上也沾了些黄黄的面粉。这样的日子照例都要吃糕。再后来桂香婶子就把女儿招对折着拿了出来，把它压在墙头上，然后展开。人们就围过去仔细审阅那上边的红色痕迹。是一圈儿，还有一道儿。那圈儿好理解。那道儿呢？突然就有人嘻嘻哈哈笑了，几个后生家就追逐着跑出院子，看的人都异常兴奋。这在好崂都是正正常常的事情。至少许多人都认为外面世界也会这么行事。

下午七点半的时候人们发现女儿招就不见了，这必定是某个后生偷了去并扎在腰间，据说这样会迷住女人们是肯定无疑的。但后来确实是开始下雨了，雨下得挺大。又有人说根本就没人去看那女儿招，这无关紧要。

至于是谁偷偷拿掉女儿招这是一桩疑案，很难说清白。但时间总是可以说清的，是天黑以后。但也可能那后生不会把女儿招扎在腰间，这里是有一个真实的故事作古训的。

案例之一

案例是说一个双眉乌黑的后生腰里正是扎了一条女儿招去干了一件要了自家性命的坏事。好峁统称那一类事为坏事。这个坏事是这个后生去尼姑庵坏了一个清秀年青的姑子。这个故事的主角后来被斩头的原因是他竟至奸死了那个尼姑。这个故事的年代也是难以考证得清清明明的。总之是这个年轻后生参加了一个婚礼，喝了些酒，然而又恰恰是他抢了那红斑诱人入邪的女儿招。

有人说这个双眉乌黑的后生在好峁后头的一孔破窑里擦了三十几根火柴可能是在细细审视那条女儿招（火柴可以为你提供一个大约的时代背景），然后就把这条招子扎在腰间去行事了。

有人说这后生本来是可以跑脱的，但坏就坏在女儿招绑扎的不是地方。原来是要扎在腰间的，但这双眉乌黑的后生却把这条招子紧紧扎在大腿根部。直接说吧，正好把那女儿招贴住自己的阳具。这就影响了行走速度,并且步态也显得古怪,扭扭捏捏不像回事。结果是被捉住正法了。

这个双眉乌黑的后生在庵里奸死了那个清秀的尼姑?这种说法不太确切。因为人们发现尼姑是吊在香炉腿子上的,是吊死的。总之这双眉乌黑的后生奸完尼姑然后做了逃犯。逃了有半个多月,然后被抓回来判了个奸妇罪被砍掉脑袋。

逃犯。

有必要知道这个双眉乌黑的后生的名字。这也是可以查一查县志的。在匪盗那一条记得清清白白。名字是:周大货!

这绝对是一种巧合!

我们故事里讲的给月香和桂香破了一破的后生也叫周大货,这绝对是一种错误,一个雷同的错误。

要怪罪谁呢?自然怪周大货的老子狗眼迷糊不曾去仔细学习过县志(请原谅)!比如说叫周大丰的就曾重复过一次。这是一种历史巧合!说实在的好崏乡民也着实创造不出众多的名字以避免重复。比如说有爷爷叫周招财而孙子也叫周招财的,这没啥了不起。了不起的是竟然有一些事情十分相同。

逃犯!

逃　犯

实际从好峁逃出去是很方便的。比如说月香就和周禄川逃出去了。当然周禄川没有在身上扎一条令人入邪的女儿招。

从县志上看,好峁并没出过几个逃犯。除了上述的奸死尼姑的那个周大货做了一做逃犯而最终被捉住砍了头,之外的逃犯可能就是急匆匆深一脚浅一脚冒雨逃出好峁的月香和周禄川了。

在这个雨丝霏霏不绝的雨季里月香到底逃到了哪里?这可不是县志上记载的故事。总之月香这清清白白的姑娘在被现在的周大货狠命地在四个精壮后生的帮助下破了一破之后逃跑了。月香自觉冲犯了好峁的老规矩而犯了大罪?而好峁乡民也实实在在认为她犯了一种罪。

好峁自有好峁的规矩。

如果再过十多年二十多年三十多年,至多不会过五十年吧,你要是有兴趣来查看好崾软糟糟的蓝布封皮族谱,你就会看到有这么一条。

柴金来(月香的父亲),略——
其子:柴勤水,略——
其女:柴月香,早夭。
其女:柴桂香,略——

所以有些历史是绝对说不清道不白的。比如那尼姑,后来人们把她从绳子上解下来发现她肚子里有六个月的身孕!而且庵里那条黄眼黑狗见了后来被处死的绝非如今的那个周大货竟然亲亲切切直摇尾巴。

(如今那个金瓦金砖的尼姑庵是好崾小学。)

(一千九百八十八年秋天有不少女孩儿在庵前院子里踢羊皮毽子。)

有一个老尼姑戴着灰色的古怪帽子神色极度哀伤地坐在青石台阶上。

这尼姑大约七十多岁,也许八十。

她儿子常常来看她。(她有儿子!)她儿子也已经五十多,或已经六十。她儿子的基本特征是双眉挺黑。这是好崩的事情。老尼姑对着人从不承认她有儿子。

这尼姑的儿子的儿子眉毛也挺黑。这尼姑的儿子的儿子叫周禄川!就是那个和月香一同跑掉去做逃犯的周禄川!

另一种形式的结束

八月八日是个正正经经的日子。正正经经的日子里有一只硕壮的黑羽红冠公鸡被无缘无故地砍掉首级。秃秃的脖子便吐出一些古怪的黑血。那两只鸡脚在雨湿的地上蹬了又蹬,便在地上划下了如此清晰的条条道道,这些条条道道决定了一个女人的命运。

总之后来桂香婶子把桂香的女儿招亮出来晾在墙头上时,雨"哗哗哗哗"下大了。雨点打在墙头上溅起一片白雾。没有人愿意冒着挺大的雨欣赏女儿招,所以那女儿招很凄惨地被雨水抽打着湿贴在墙头上,并且那红红的痕迹也开始被雨水洇成一大片。而后来那女儿招上的血色竟和雨水混为一谈，顺着土板墙流下来渗到泥土里去。这是一种说法（另一种传说是女儿招被人偷走并扎在腰上，这在前边已经说过）。

因为那血水顺着土板墙渗到好崈泥土中去了，所以人们只觉得那是一片泥土。因为没留下丝毫的痕迹，比如说哪怕是淡淡的血痕！所以至今我们判不明它到底发生在草履虫的头部还是尾部还是腰部，无从知道！

竹坡记事

开　头

　　做笛的老货经常去长竹的那个坡去砍竹，那个坡很古老的时候就已经叫了"竹子坡"。人们对老货砍竹做笛这事早已习惯了，有时老货会顺便挖一些指头粗细嫩白好吃的笋子，那必定是在春天雨后的好日子里。有时还会弄到一只羽毛很花的竹鸡给吊在老货尖尖的瘦屁股后吱呱吱呱叫，这就比较少见。但更少见的是那老货在竹林里忽然拣回一个赤红一团呱呱啼哭的婴儿，这事大概平均十年二十年在竹子坡也发生不了一起，所以有必要详细说说。

　　关于老货真是没什么好说的，好说的就是他天天自由自在做粗粗细细的笛,把竹子砍了,一截一截打了绿胡豆大的洞眼,给人用手指头捏了呜呜呜呜吹出和竹鸡叫声大不一样的调来。老货背着一大捆竹笛边走边吹边卖,走过许多大镇和小镇人也就老了,这又有什么好说?下雨的时候没人知道老货一般就呆在他的阴潮的坡屋里看阴灰的天。下雨的日子里,许多人都只好呆在自己的屋顶下看天,天上一般也只有云,云彩两三天一般都会自动散开,也有十多天不散的,这就要发大水,这也没什么好说,好说的是老货拣的那个婴儿忽然就大了,那小娃儿就叫了:小笛。

小笛长到十七岁时,个子真有些低得不像话,但这又有什么重要?重要的是老货突然无笛可做,因为那长了竹的好大的竹坡忽然被一家姓张叫张角的承包了去。人们就换了一种称呼把那竹子坡叫了:张竹坡。

也有承包了那坡下的水洼去养青鱼的,那洼就被叫了:张洼。

这你也会明白那洼必定也是承包给一家姓张的,那姓张的叫了张捍东,叫这名字的角色大多生在一千九百六十年左右,也就是说这人现在有四十多了,鼻子下边下巴下边自然已经有了一些黑黑的胡子。竹子坡没有人不认识张捍东的。

日头出来，月亮下去，月亮出来，日头下去，这是谁也不能让它们停下来的事。这也就日月轮转很快到了一千九百九十三年。话往短了说，就是老货又去竹子坡砍竹时忽然被打得滚下坡来，并被打破了额角，是很流了一流鲜血的。

"凭哪样打人呢？"老货在坡下爬起来说。

"这山已被我们张家承包了你来砍竹又不交钱不是要作死吗？"狠狠的说这话的人自然是张角。张角曾经做过民兵队长的，人长得细瘦，脾气却比一般人大许多。

老货这夜把流过血的额角抚了又抚，叹口气，把小笛叫到竹床边。外边自然又是在"沙沙"地下雨。老货对小笛说："我对你说什么呢？"

"会吹笛了吗？"老货问小笛。

"会了。"小笛说。

"会做笛了吗？"老货问小笛。

"会了。"小笛说。

"没处砍竹了。"老货突然眼里亮亮地掉出些泪水来。

"额角是好打的吗？"小笛愤愤地说，摸摸老货的额角，就持定了那把竹刀。

"张角是好惹的吗？"老货也愤愤地说，就抢过了那把竹刀，"当啷"一声掼到屋角。

"张角还要找来呢，停停。"老货又说。

"他还要找来么？"小笛愤愤地说。

那张角隔天果然愤愤地来，扛了三竿被老货砍倒的竹，愤愤地扔在老货门口："狗子日死的×货！每株竹罚你二十元呢！"

这便可以用来做一个很新鲜的故事的开头了。

张竹坡

就把这个地方叫张竹坡吧，张竹坡的后生子一批批强壮起来，后来又一批批干竹叶般坠落老死了，但都要学一些手艺的，比如打了赤足去耘田，大多数都要去耘田，去认识稻米和蚂蟥还有各种虫子。做竹器的也有过几家，他们的儿辈后来大多做竹。竹粪兜、竹饭兜、竹筒儿、竹篓儿、竹床、竹凳、竹簸、竹夫人、竹雨鞋儿，竹子原先是可以做出许多花样的，但许多花样一年年的被许多人忘掉，比如一千九百九十三年时会竹夫人的就没有几个了，竹夫人夏天搂了睡觉原是很舒服的。

个子瘦小的小笛却去卖笛。

小笛很小就会背一捆笛子一头走一头吹一头卖，小笛原是不喜欢卖笛的，小笛比较喜欢到长满浮萍的洼里去自由自在摸鱼，被老货按在床上用竹片打了一打他就比较喜欢卖笛了。

小笛长到十七岁已经学会了吹许多曲子，其中有一支很美丽忧伤的曲子叫作《柳青娘》。

有一天小笛在屋檐下把这支曲子吹了又吹后忽然掉过头问屋里的老货："我娘亲是谁呢？"

这就必定要引出一个儿寻母的故事来。

而老货不讲这个故事谁也拿他没有办法，老货那时正忙着做笛，在竹竿上"卟卟卟卟"打洞，打得很是畅快，汗也自然出来，一颗颗也只有胡豆大。

竹纸坊

竹纸坊就叫它竹纸坊，竹坡的嫩竹变作纸，纸变作钱，钱又变做布衣和谷食养活许多人，就这么回事，人们把这叫作生活。这就又要说到那条闪花花的河，河水原是极清澈见底的，但却只叫了河，很简单明了的叫法是不是？但河边的竹纸坊却叫过一叫"红卫造纸厂"的，后来又改回来叫"竹纸坊"，所以就有人去劝张捍东这角色把名字不妨也改回来：你也改他妈一改。说话细声细气的张捍东左扭右扭地想了一回，竟然不乐意（张捍东以前叫张百万）！

谁都知道张捍东这角色一千九百九十一年八月打了条小木船儿，做了双小木桨儿，盖了间小草庵儿，织了片小鱼网儿，乐呵呵承包了竹坡下的那片洼去养鱼。这又和河边的竹纸坊有什么关系呢？

张　洼

我们已经把竹坡下的那个浮满绿藻的洼叫了张洼。张洼的水原是极不清的，所以出各种极好吃的扁扁的和圆圆的鱼，但忽一日洼里的鱼全都浮在水面不肯游、不肯吃、不肯玩地扁扁地死掉。原因是那竹纸坊的水毫不负责地

"霍霍霍霍"跑到了洼里,这自然就生产出一个极好听的故事。张捍东就一手拎一条翻白眼的死鱼去找村长诉说,村长是谁?村长就是承包了竹纸坊的张角。

也就是前边说过的那位张角。

这你就会明白张角当民兵队长一定当得十分出色,所以就把村长让他来当,而他村长一定也当得十分出色,所以竹纸坊要他去承包,竹坡也要他去承包。女人们也快要让这家伙承包了。竹坡的人都笑嘻嘻这么说。

"我也让它弄得烦了,妈妈的。"张角说,一边挖鼻屎,一边看那些死鱼。"这下子好了,死光了?你就来帮我弄纸坊。"张角笑笑说。

"再说那洼也让你生不了多少财气,连我一年也吃不到几条鱼呢。"张角说:"你就过来帮我弄弄纸坊。""如果我不呢?"张捍东原是喜欢弄鱼的,也喜欢弄船,也喜欢撒网。

"你和我赌气吗?"张角脸色就变了一变,"再说合同也要换了呢,下一回承包该谁呢?"

张捍东就不再说赔的话,耳朵里却听见自己在含含糊糊"呜呜呜呜"说:"那我就去弄纸坊吧。"

那洼里的死鱼就隔天给张捍东左一下右一下都捞上来摊在地皮上晒,腥臭自然传得很远,数不清的苍蝇飞来飞去热闹像唱戏,白花花的盐是洒了一层又洒一层,那晒干的鱼后来就给弄到黄狗满街跑的县城去卖。要卖出名堂的!竹坡的人都说。竹坡的人把死叫作"名堂",把生叫作"出壳",把结婚叫作"红门"。但竟然没有名堂给卖出来,关于这一点,竹坡的人至今都觉得有些失望。妈妈的!怎么没卖出名堂呢?有人纳闷地说。那鱼原是吃得么?有人问。

吃得!有人说。

张角事迹之一

张角是讲纪律严明的,好像这里应该讲一件不太文明的故事,这故事只讲民兵训练。民兵训练原是要趴在地上闭一只眼睁一只眼瞄准的,瞄过好一些时日照例要"砰砰砰砰"打三合板木牌子。竹坡的人就欢欢喜喜去民兵打枪的地方拣黄铜弹壳,拿回来好安在竹管上做抽烟的家什。拣铜弹壳时照例要叉着手在一边看民兵在地上趴,张角极威武地立在那里喊:"趴起,趴下。"那些民兵就自然趴起趴下。忽然有一日就有人脸红红的不起来,这自然是夏天的事。

不起来的民兵叫刘杂志,十八岁的后生子,伏在地上屁股一蠕一蠕地动,不好意思起来。

这自然是破坏纪律的事,张角就怒了一怒,明白那是出了什么事,过去猛地把一只脚踩在刘杂志的屁股上,旁观的人便打雷样喝一声彩,便有个故事给生产出来。(刘杂志的那话儿便当下给踏断了。)

民兵都是精壮红脸儿的后生子,在地上练瞄准练久了那话儿自然就要胀了。这事便传得远,有人便说已经传到了北京一个姓叶的极具资格的老首长耳朵里。姓叶的首长原是极爱惜战士的,叶首长便立在窗前朝外望了许久怒了一怒,说:掩体里不会再挖一个小坑吗?

所以现今的掩体里便有了一个小坑,那话儿再胀了自然有了去处不再和地皮做对。

那刘杂志自然被带去北京做手术,据说居然除了撒尿还恢复了第二种比较好玩的用处,但总是不如原来,惹得刘杂志女人常去找张角哭哭啼啼。

张角也就知道了自己的不该,一千九百九十三年的时候,便让刘杂志来做了竹纸坊的仓库保管,屁股后挂的钥匙很多,事却不多,这是张角有意要照顾他,那钥匙自然有铜质的和铁质的,刘杂志一走动,那钥匙就"哗哗啦、哗哗啦、哗哗啦啦、哗哗啦"响得很好听。

张角脾气不好呢。刘杂志常常把想闹事的别人拉到一边提醒两三句。这就说明他心地好,心地好的人脾气一般也都好,便有几次几个人把刘杂志忽然按在地上扒裤子要看看那话儿,刘杂志就认真生了气,不让那些人看自己那话儿。这大多是酒后的事,喝过酒的男人们一般做事都很少考虑。也有几次有几个人偏偏要跟定刘杂志下河去洗澡,去看那话儿。

"这是你们的老子吗?你们要看它。"刘杂志嘻嘻笑笑指着自己那话儿这么说。那些人就不要看了,懂得害羞了,各自摸起鱼来。

"你倒不恨张角么?"有人问刘杂志。

"哪个说恨?我说过这话么?"刘杂志便急了,将眼眨眨,想想,又放低声音说:"莫要瞎说呢,话传来传去伤和气呢。"

古子河哟,弯过几道湾,

姜子牙娶妇人自古有一说,

千金万宝不稀贵哟,

和气第一五谷丰登好过活。

竹坡原来竟会有这样一首好歌,教育人们要和气,所以人们都知道和气的好处。(古子河原来叫孤子河的,所以女人们肚子里怀了娃是不要喝这河里的水的,也有娃儿生的多又管不住自家肚子的女人却偏要去喝这河里的水,一回两回自然是不见效的,如果坚持得好,喝二三十年或四五十年,果然就不会再生,而那女人也大概有六十或七十多了。)

六十七十还会生娃吗?必定有人会这么问一问的。

竹坡果然就有一个七十岁老婆婆生娃儿的事。这老婆婆只和一个三十多岁的侄孙子过活,忽然一日老婆婆面皮失色嚷肚皮疼,竟生出娃儿。这事一时闹得很轰动,那侄孙子后来挖战备地洞竟给压死,那老婆婆竟很娇惯地把那娃儿千辛万苦拉扯大。那娃儿长大竟又长得有几分像了那给压死在洞里的侄孙,人们都说这是喝了一口缸里的水的缘故,这自然不会有错,比如共喝一条河里的水长大的鲤鱼就一模一样。那娃儿长大了后就是——我们的张角。

竹子的事之一

下边要说一说竹子的事。

也只能说现今,比如说以前是谁在山上种的竹恐怕就有些说不清,而且要招许多麻烦了。说山上的竹子也没多大好说,再说山上的竹比天上的星子还要多,该说哪一株为好呢?

就说老货砍的那三株竹吧。

竹也就是竹,不那么粗也不那么细,刚好做了笛给人两手捏了去吹,不那么长也不那么短,刚好截四段做四支笛。老货做了一辈子笛,砍的竹一般就会给拖回去放上竹箨火上吱吱吱烤去竹青。当然也有几回扛着竹往回走时给几个年轻女子把竹要了去,那些女子都扭着身子立在滴雨水的屋檐下娇声娇气说:好竹呐,搭布衫蛮好呢。

老货就脸红红地把竹丢给了那些女子。这大多是老货年轻时的事,也有几回扛着竹往回走时给几个晒太阳的老头要了去的,那老头必定笑笑地说:×娘的!好竹呐!×娘的,做烟管蛮好呢,×娘的!老货就把竹给了那些要它来做烟管的人。×娘的,给!老货还会加上这么一句话。

老货原是脾气极古怪又极好的人,又肯帮助别人,没事就坐在日头里笑呵呵抽烟。再说呢,竹坡上的竹多得是,去砍就是,只要有力气。砍的时候要先用竹刀敲敲竹竿。竹上如果盘着竹叶青,就会自动蠕蠕地爬开。再说竹也不值几文钱,有一年一大捆竹扛到人家去也只能换一个苞谷粑粑吃,那时是一九六零年,人们的肚子便有些异样,人们也不怎么怨政府,还乐呵呵地饿着肚皮唱着好听的山歌去工作,比如修水库什么的。但那时竹坡的人们比较爱去竹坡,争着挖那些可以把肚子装起来的笋子,竹坡的竹子便日渐稀疏了起来。自然也有为了挖笋子争吵的事,大多是这一方骂对方是:我日你这黑了心的苏联大鼻子!那方也照样回骂:我日死你这黑了心的苏联大鼻子!对骂后各自捏七八支笋子走开。动手的情况比较少,人们那时都比较珍惜自己的体力。

老货那年破天荒做了许多笛，竟都给人们买走。那年各地的剧团都很活跃，演员肚子瘪瘪地上台去唱，看客们在台下肚子瘪瘪地听，竟然会忘了肚饥。有一个戏文是描写一个发生在箭杆河边的故事的，蛮好看，那戏的名字就叫了：《箭杆河边》。

看戏原是忘饥的好办法！只是剧团里吹笛的角色因为肚子瘪不能把那笛吹得十分动听。

老货就认识了剧团的陈永贵，陈永贵那时还小，长得秀秀气气唇红齿白很像个小旦，却坐在戏台角落"呜呜呜"去吹笛。因为长得好看，这家伙后来也就吹出个风流故事来。

竹子的事之二

竹子，这里要正经讲一讲关于竹的事。

狗子日死的货！每株竹罚你二十元呢！张角把被老货砍倒的三竿竹愤愤扔到老货的坡屋门口时，就听见快步跟在后边的张捍东低声说："张村长你别生气，大人不见小人怪呢。"

我会生气么?张角便转过身来对张捍东说:"三竿竹子能惹我生气么?"

"真是不值得生气呢。"张捍东细声细气说,还笑了笑。

张角便也笑了笑,"我是要教训老货呢,让他晓得当今法律的厉害!给他点厉害看看,别人也就不敢眼里没法律了,也就不敢东砍一株西砍一株。"

"现在许多人做事都没法律呢!"张捍东说,"专会损害别人的利益呢!"张捍东说完这话脸突然红了红。

"如果不重罚老货,一坡的竹也要给人砍光了呢!"张角说,停停又说:"还有笋子。"

"鳌村还办了罐头厂呢,"张捍东说,"两元钱收一斤笋子,人们到处挖笋子呢。"

"三株竹就罚他老货六十元吧。"张角说。

说这话的前一天,老货原是蹲在地上想了一肚子好话要讲给张角,这时就给吓一大跳:怎么就六十元呢?老货跳起来说:"你这是金子做的竹么?"

"你嫌少么?"张角说。

"六十元好买两车竹呢!"老货觉得有十分的委屈

和气愤,把巴掌拍得很响。

"法律呢!"张角大声说:"法律会让你去偷竹么?"

"这竹坡上的竹我砍了四十多年呢!这坡上的竹原是姓张么?"老货忽然跳起来,拍着手大声说。

"对呢!"张角"嘿嘿"笑两声:"现在可是承包了的,坡上的竹根根都姓张!"

老货的脸已给气得煞白。

这时长得细且瘦的小笛就从老货身后的坡屋里一下子蹿了出来,机灵的像猫或狸鼠:"怎么就你能承包吗?"小笛说。

张角的脖子即刻就粗起来,但他又笑笑:"我说了算还是你个小鸡巴说了算!"

"这是共产党的天下呢!"小笛忽然指指天,跺跺脚,吐口唾沫。小笛原是念过书的,念过书的人一般都知道"领导我们事业的核心力量是中国共产党"这句话的。"共产党让你一个人包了纸坊又包竹坡又包洼吗?"小笛说。

"说得好!"张角突然高声说,还拍了一下巴掌,啪的一声,像响了一个炮仗。"我就是包了,你眼气么?有合同呢!"张角想了想说。

"合同拿来看看？"小笛突然说出这话，伸出一只乌脏的小手。

"我要是不给你看呢？"张角慢慢抬起一只脚慢慢踩在老货门口的一只烂鸡笼上，另一只手却在掏鼻孔，掏出鼻屎搓成一个球，冲小笛一弹，说："你有什么资格看呢？"

"合同原是给狗看的吗？"小笛转转眼珠说，小笛原是聪明的。

立在张角身后的张捍东这时就看见张角一脚踢翻了鸡笼。

"你偷竹还要看合同吗？哪个合同写明白让你偷竹？你是狗么？"张角说。他伸手去拧小笛的耳朵："你小鸡巴能硬出半盆子精水来么？"

坡　屋

坡屋远看就果真像极了坡，自然是先要有四堵石墙，一堵是坡屋的后墙，两边的山墙其实是一头高一头低极的，坡屋太多盖在坡崖下，雨唰唰唰唰下急了，坡屋顶上的水就像跑马一样刹不住,坡屋的顶大多是砍了大竹来,一根一根大竹在墙上搭好,再把稻草苫上去,用马莲草缝衣样一排排穿好,这就是坡屋。

人们吃饭、睡觉、做孩子、打架、吵嘴、生病、娶妻都在这坡屋里。

坡屋好住么?要是有外乡人这么问竹坡的人,竹坡的人会不屑一顾地说:坡屋不闷气呢。

所以常常可以看到坡屋着了火样在草顶子上漫漫漾漾散出些青青的淡烟来,把外人会吓一跳。

坡屋能烤腊鱼腊肉,瓦屋能么?住坡屋的人说这话都有几分自豪的,在坡屋里生柴禾熟饭时那烟就慢慢升上去从稻草缝隙里散出去,生松柏木的,那烟自然也是从坡屋顶上散出去,所以坡屋里是好烤腊鱼、腊肉、腊猪头、腊牛蹄的。而且一般屋顶的稻草还不会生虫,二般生虫的时候也有,就是下起了连阴雨,下七天八天,坡屋顶上就会生出很大很大的花虫子来,并且有时会从上边一下子掉到屋子里,那虫有二尺长或三尺长,《新华字典》或别的什么字典一律把这种虫叫作:蛇,念法是 shé。

竹坡的人却把它说成是鱼的舅舅,当然名字也是有的，就叫作长虫，掉下来的时候自然就会给人追来追去逮住剥了皮与青菜桂皮山椒放到锅里一起去煮，味道竟是很好的，竹坡的人把这叫作吃细肉，牛肉就只配叫作吃粗肉。坡屋顶上生出白色黄色黑色灰色花色的菌子来时，这坡屋的草顶就该换一换了（黑暗而不见天日的旧社会打仇家挑房顶不在此例，黑暗的旧社会常常有地主挑了农民的房顶，但是竹坡在旧社会竟然没有地主，据说选来选去竟没选拔出一个来）。

拆坡屋挑房顶原是极好玩的事情，只要把搭在坡屋前边的竹梢一抽一抽，那屋顶就塌下来。

交六十元还是便宜你呢！

那天的事情发展到后来是张角不再脸孔一抽一抽地挖鼻孔，张角已经十分的气愤了，所以十分气愤地说："砍我山上三根竹就抽你屋上三根竹！"

老货把嘴张一张，又张一张，就把身子慢慢矮下去，小笛自然是已被老货揉进到坡屋里去。

"限你三天时间呢！"张角说："不交六十元就抽你屋顶的竹，你以为现在没法律了呢！"

老货就觉得伤心起来，老货伤心了自然是不会哭的，只是呼呼地喘粗气。小笛却在坡屋里哭,并且声音有几分尖锐。

旁边站着的人原来想听老货骂出些好听的话来,等等竟没有,就被老货喘气喘得不耐烦了,有人说:人老了,精水没了,眼水也没了呢!就都慢慢走散。王二就说:三天头再来吧。李四就说:等着看张角怎么拆!

"看你妈×哩!"小笛就在坡屋里尖锐地喊起来。这骂人的话对于竹坡人来说是极一般的,自然王二和李四只是笑笑并不和小笛计较。

人走散后,老货也并不去炊饭,他兀自蹲在那里,天也就黑了,星子自然是一粒一粒亮出来。

晚上有人给老货送过饭来,所以说竹坡这几年没有饿饭的事发生。送来饭的人家一共有三家,一家住在老货的左边,就是左邻了,一家住在了老货的右边,就是右舍了,一家是竹坡的竹匠叫王七毛的。三户人家送的都是白米饭。七毛对老货说:"管他那么多!把肚子先装起来!明天眼睛还在眉毛下。"

好。老货说,就叫小笛出来和他一起埋头往肚里装饭。七毛送来的烤鱼原是很焦香的,虽然只有竹叶大,那鱼却叫大鱼。

"老毛活着看他张角敢么！"老货突然抬起头说。

这一夜人们就听见老货在坡屋里"呜呜呜呜"吹笛，那调子人们原是极熟的，且人人都会唱，歌词也极好听：东方红啊，太阳升呐，中国出来个毛泽东，他为人民谋幸福呐，他是人民的大救星呐。老货常常在夜里是要吹一吹笛的，但比较喜欢吹的是那支《柳青娘》，不常吹的是这支讲太阳升起时东边半天空要发红的曲子。因为好长时间听不到了，所以听起来也格外好听。王七毛便又从自家门口蹅下坡走到老货坡屋外说："你老货就再吹一遍好么？"

老货叹口气，竟不吹，熄了灯。

这实在不能算是个故事。

传说之一

我们下边的故事是什么呢？要讲，也只能这样讲："老货这天对小笛说，你去找你的亲爹去吧，我无法养活你了……"

这是一个很重要的故事的开头了,讲故事照例是要把时间、地点说清的,但是我们就很难说清老货是什么时候对小笛讲的那件事,比如是在夜里,半夜?后半夜?天快麻麻亮起来的时候?

老货说:"我不知你娘现在在哪里。"

小笛说:"她是我婶婶么?"

老货说:"你爹却是还在的。"

小笛说:"他是我幺叔么?"

老货说:"是陈永贵呐,吹笛的那个。"

老货说着便摸摸索索起来,在竹床头打开一个小布包儿,里边是几个白馍、几块黑菜头,又"哗哗啦啦"把那些笛子用马莲绳穿好,说:"你找你亲爹陈永贵去吧,卖了笛做盘缠,出了门朝东,一直走下去,我养活不了你了。"

外边的天色呢?我们说不清,可能是天亮的事,也可能天还没亮。

"会吹笛了么?"老货又说。

"会了。"小笛说。

"会做笛了么?"老货说。

"会了。"小笛说。

"会卖笛了么?"老货说。

"会了。"小笛说。

"可你没处砍竹了呢。"老货说。他伸出手摸摸小笛的头,有泪水亮亮地滴下来。

"那你呢?"小笛说。

"你甭管我,你找你亲爹去吧。"老货说:"出门朝东走,一直走下去!"

这个故事这么讲来,竟好像老货要去作死,所以不好这样讲,而事情也确确实实不是这样。

传说之二

张捍东这角色原是喜欢弄船儿、撒网儿、打桨儿的,忽然就不能在洼里划了船儿、打着桨儿、撒着网儿去弄鱼。一千九百九十三年九月的时候他只能去竹纸坊监督人们去做纸。嫩竹在竹纸坊给捣得像稀泥,这让怀念打鱼的张捍东看来自然心里有气。张捍东常常趁没人就掏出自己那话儿往纸浆里放一股黄水或吐唾沫,屙屎的事是没有的。

张捍东这一夜突然去找老货。

老货，老货，张捍东在坡屋外低低喊两声，后来果真一跳跳进了老货坡屋。

"你不会去告他吗？他打了你额角呢。"张捍东坐在灶膛边抽烟，说。小笛眼一眨一眨站在坡屋里的灯下。

"这种事可以告么？"老货蹲在坡屋的灯下说。

"他既不是你老子打了你就可以告！"张捍东说，"如果是老子教训儿子就告不赢的，再说你流血了是么？到北京也告得赢！"

"我真可以去告么？"老货摸摸额角说。

"不告白不告呢！"张捍东说。

张捍东从老货屋里出来时只把身子一闪就跳到老货坡屋下的那条路上，别人看到也只会以为是从洼那边来。

老货这时就在坡屋里把十二个白馍馍几个黑菜头打一个小包，然后把小包系在小笛身上。

"会吹笛了么？"老货说。

"会了。"小笛说。

"会做笛了么？"老货说。

"会了。"小笛说。

"但你没处砍竹了!"老货说。

"知道。"小笛说。

"会告状不?"老货说。

"不会。"小笛说。

"跪到县老爷门口喊冤不会么?"老货说。

"不会呢。"小笛说。

"你把状纸藏好了呢。"老货说。"状纸是张捍东写下的。"

这天在外边天光下地里分菜秧的人们谁也弄不清老货和小笛肩上挎着布包急匆匆朝村外走究竟去了什么地方?也弄不清那布包里会是什么?

这好像也是一个极好的开头。一千九百九十三年八月底的时候,真有人跪在开风县县长的办公室外头喊青天大老爷给小民做主呐。天不识时务地下着雨,县长就说:别让他们跪在那里,给他们把伞避避雨。只可惜这两个人不是老货和小笛,而是另外两个人,据说名字却叫作老笛和小货,他们跪在那里是为了棉花的事。他俩买了一包棉花准备"嘣嘣嘣嘣"弹了棉花被套子去卖,想不到从里边一弹两弹就弹出树皮和石头,还有一只形迹可疑的女人的鞋子。这和竹坡又有什么关系？不讲也罢。也有人说那一老一少跑在县长门外是因为老者的好柏木寿材竟被少者拿去做了一副肉案摆在街头卖狗肉。总之，这种事很多，弄得县长很烦，躲都躲不开。据说县长去厕所屙尿也有人跟了去喊冤，弄得县长尿不灵。这不说也罢。

那么，我们的故事呢？

我们该怎样进行我们的故事？

传说之三

传说是什么？关于县城小剧团又有些什么传说？小剧团也就是那么个小剧团，"咿咿呀呀"地唱，"呜呜哩哩"地吹，"吱吱呀呀"地拉，剧团里的戏子都起得很晚，所以人们可以看见剧团的一个细眉紧眼的女戏子快吃午饭时才披头散发趿了粉塑料鞋出来往河里倒洗脸水。有一回竟把肥皂盒糊里糊涂一下子倒在河里，那肥皂盒红红的漂着像一条船，就有一个男戏子奋勇跳到河里去捞，就此产生了一个爱情故事。后来那女戏子对那男戏子说：我是考验你呢？当然这也是传说。真正的事却是有过一回，一个女戏子把一件衣服掉河里去了，一个吹笛的，就跳下河去帮她捞，那男的就叫了陈永贵，故事到后来自然是风流得很，竟然风流出娃娃来，那娃儿就叫——小笛。

关于剧团我们不准备细说，剧团又与竹坡有什么关系？年年过年剧团照例要到竹坡去，把脸抹红了然后到台上唱，常唱的戏又有一出就叫《打草杆》，原是个极动听的故事，一男一女打一种叫草榩的果子。那女的是比较爱吃那怪怪的果子的，后来就打到了一起。女的抱着男的哭，后来就又笑，后来就完了。还有一出就是《山坡羊》，原也极动听，男的在山坡上放羊，裤裆原是破了的，一抬腿，又一抬腿地搞金鸡独立，女的在坡下剜野菜看见了，就羞答答地唱：

哥哥哟，你小心哟

丢了金雀雀哟，咿呀咿吱哟

那边哟，黄犬子哟

朝你跑来哟，咿呀咿吱哟

后来就跑到一处，缝裤档子的事却是没有的，一男一女就只讲女方爹娘的坏话，女的便发誓要嫁给放羊的。

剧团真没什么好讲，好讲的是老货领上小笛去了剧团。那吹笛的陈永贵竟正在剧团院门口笑眯眯望街子，吐痰，嗑葵花子，地上已积了一层瓜子皮。

"好你个陈永贵呐！"老货走过去大声说："你竟连我也不认识了么？"

陈永贵竟果真不认识老货，好半天果真又认识了，便拉上手进剧团里去。

"不进也罢。"老货却说。

（这之下的喝茶、吃饭、喝酒、说话也没什么好讲的，我们就不啰唆了。）

单讲回来的路上吧。

"你就喊他一声爹么。"老货在回来的路上已有几分醉了，脸红的像鸡肝，他摇摇晃晃对小笛说。

"我日死他娘呢！"小笛愤愤地说，脸子憋红了："我日死他呢！"

"他是你老子呢，你日你奶姆吗？"老货笑笑。老货也就不再说什么，手当然在怀里放着，怀里当然是那六十元钱。这是在回来的路上的事，路两边自然长了些不成器色的细竹，竹坡离县城有一百多里远，走去，走回，吃一回馍，再吃一回馍，歇一晚，三天就过去了。

但这也只是一种传说，有人说老货领了小笛去了县城，有人说没这回事，有人说老货真去讨回了六十元钱，有人说没有的事。

张角事迹之二

三天时间自然是过得飞快的，三天时间世界上都发生些什么事件？鸟生卵、鳖晒甲、公狗骑母狗、飞机从天上坠、胖头目接见瘦喽啰、大家苦捧一本书读、男人和男人结婚、××尿出一块金子，而竹坡呢？几乎没什么惊人的大事件，那么就单说张角吧。

张角这天吃罢了午饭，喝了点午茶，便带了在纸坊工作金水泊那边的工人去老货的坡屋。屋里竟然没有人，坡屋四周的鸟叫得很好呀，后来鸟就不叫了。屋外就已经站了许多人，把鸟都惊走。

"拆么？"那两个金水泊的工人问。

"主要是教育人呢，老货不在就不拆，再说要拆也得天黑足了三日。"张角说。他极有气派地摆摆手，人们自然就散掉了，那鸟就又飞回来聒叫，从这个枝头跳到那个枝头，或者是这只追着那只。

下午的时候，张角又派人来过一回，老货自然还不在，别家坡屋可都是袅袅地冒出烟来。这就是说，人们要吃饭了。

老货和小笛回到坡屋已是夜里的事了。这时张角已吃过晚饭，背抄着手去看了一回竹纸坊的纸。这天张角恰好吃了些香瓜，突然肚子里做起怪来。张角顺手扯了一张竹纸团成一团，在手心里捏着忙往纸坊外边走。

老货是这时候出现在张角面前的。

"张村长，"老货说，自然是在暗处说："你停停好么？"

"你竟回来了么？"张角说，一边继续朝外走。

"回来了。"老货说，跟定了张角，"叭嗒叭嗒"地走。

"啥打算呢？你。"张角说，已走出了纸坊的院子，外边是那片烂草地，自然有许多牛粪马粪驴粪在那里。

张角把草用脚踩几踩，又踩几踩，身子忽然就蹲下去，老货就猛然听见"哗喳"一声，鼻子里味道便不一样了，又"哗喳"一声。

"你就站在这里说吧。"张角说:"我听着呢。"

"钱我找来了。"老货说。

"好!"张角说。

"六十元有些多呢。"老货又说。

"好!"张角又说。

"能再少么?"老货说。

"好!"张角又说。

"真少收么?"老货说。

"好!"张角又说。

老货就有些发懵。

"六十元我不收了呢!"张角这时已站了起来,突然变得愤愤的了:"三天已经过了你能不让我抽你屋上的竹么?哪个要你的钱!"

老货就愈发懵,手在暗处抖起来。

"不拆你的屋竹你能知道法律的厉害么?竹子就随便砍?"张角又说。

这时有狗跑到张角身后那地方去,"叭嗒叭嗒"吃起来。

"交出六十元不行么？"老货说。

张角"嘿嘿嘿嘿"笑起来，大声说："哪个要你的钱，这不是钱的事，是要你知道法律厉害的事！"

"我日死你娘亲呢！"老货忽然在暗处大吼起来，脚已飞起来却踢在那正在吃屎的狗身上，那狗不知是谁家的，"我日死你娘让你吃狗屎，你吃狗屎下辈还能转个人么？"老货脚踢得飞快扬得多高，却一下给狗咬住。

"好！"张角在暗处说。

"好啊！"张角又说。

气　性

竹坡离县城虽然远了些，年轻女娃们找对象还是喜欢脸子白白好人样的后生了。比如刘希东、黄家财、张大财、张大金，因为脸子长得好，就没给父母找麻烦，人样长得不怎么好的后生子到后来也大多能娶个女人关起门来做孩子，做出的孩子也竟然有比父母更丑的，这就很让人头疼，竹坡四十六户人家，打光棍的并不多，现在算算却只有一个人。

这人叫张命好。

张命好年轻时是极爱俏的,脾气却怪,衣服上是不许有一点点脏的,有一次偏去要他挑粪,粪勺放到粪桶里就有几滴粪汤溅出来落在张命好的衣裤上,张命好便火从心头起,恶向胆边生了生,拿起勺去捣那粪桶,粪水捣起有多高!像开了花,旁边的人都吓得跑开。还有一次,张命好眼角长了疖,涂鲤鱼胆不好,涂白公鸡血不好,涂酸菜水也不见好,却一日比一日疼,一日比一日恶,用女人奶水洗也不行,直疼得张命好捂上眼叫,后来半边脸也肿。这一日张命好就被一姓的人们按住手脚绑在剥猪凳上,因为那眼疼,张命好气极了便用手去"啪啪啪啪"打那眼,后来张命好不知怎么就一挣两挣挣脱了那绳,昏头昏脑跑到灶头间去,拿了婶娘做鞋用的铜锥,只一下,就把自己那只眼给挖出来。

这自然就吓得没女娃敢嫁给他。

比如一颗死猪头,放在釜锅里半天煮不透,柴禾却废了许多,这在竹坡是不受欢迎的,说碰上"老货"了,竹坡就把古怪难缠的人叫"老货"。

张命好就被人叫了老货。叫来叫去倒忘了他原来的名字。

因为年轻时脾气怪,所以耘田没人跟他一块耘,挑粪没人和他一起挑,所以老货去做笛。

老货脾气原是古怪的,有一次去卖笛。一个娃儿缠了那娃儿的娘要买笛,那娘就打那娃儿,打得老货气躁起来,老货就把自己的笛一根一根在地上踩碎:"你打你的娃儿,我就踩我的笛!"

"你再打?"老货说,踩一根。

"你再打?"老货说,踩一根。

"你还打?"老货说,又踩一根。

这事说来是有些好笑的,那女人后来自然就懂得怕了,也不打那娃儿,拖上娃儿惶惶跑掉。

老货还有个绰号叫:老筋头。只是近几年没人叫了。

结 尾

故事到了现在也没讲成个故事。

一千九百九十三年六月到八月竹坡原是连一场雨都没下过的,竹坡的人便抬了一把百年老竹椅去祈雨,竹椅上原是没有龙王的,只有一块竹牌,上边写着"龙王神位"。人们已经抬上老竹椅游来游去游了十多次,天还是没雨,上年纪的人便说:是黄龙不轮值呢,要祭青龙呢。便又换一块牌,上写"青龙神位",又便游,自然有人给游得在路上昏倒,便被人用童子尿拍醒,上年纪人便盘问他见着了什么。比如见了鱼?虾?鳖?虫?或别的什么?

昏死的人自然什么也没见到,脸子是苍白的。

上年纪的人便说:青龙不轮值呢,要祭白龙呢。便又换牌位,上边自然写了"值掌南方风雨白袍神王神位",叫法是变了一变,天竟然还没雨。

这是个结尾吗?

自然一游两游也游不出什么故事,不提也罢。

上年纪的人便又找出庙里的檀香木,把人们又召来,看他在竹坡村中心劈柴,檀香木块上先楔了十字铁凿,一斧子打下去檀香木便四裂飞起,人们便找那飞开的木片,哪一片飞得远,自然明天人们要顺着木片方向去祈雨。

上年纪的人原叫张小丁,使了很大的力气劈完檀香木,抬起头来,周围的人却已跑得无影无踪。

结 尾

故事到这里就果真要完了。人们不看劈檀香木去了什么鬼地方。人们看到了火!

张角带了人,自然是去拆老货的坡屋,走到老货的院子,老货原在院子里立着。

"要拆屋吗?"老货从院里往院外走了走,有点瘸。

"法律呢,不拆法律就没了呢。"张角说。

老货就转过身去,他进到坡屋里就把屋门从里插死了。

张角就在外边嘿嘿笑,抽支烟,又抽支烟。

"你插死门就能不讲法律么?"张角说。

这时跟去的几个工人就看见坡屋顶上袅袅地袅袅地冒出烟来,烟一开始自然是不大的,后来就果真大了起来,火也从坡屋顶上放烟花似的"嘭"的一声蹿出来。

"老货烧屋了!"一个工人说。

"我烧死我自己还不行么?"老货在坡屋里大声说,已经给呛得吼吼的了。

张角想不到老货会烧屋,把自己关在里边连人一起烧。

那两个工人就上去踹门,很踹了一踹,门便被踹开。

故事的结尾是老货给从烧作火笼一般的坡屋里拉出来,头发胡子眉毛自然是一根也没了,黑黑的脸上一只眼睛格外亮。

老货再往坡屋里跑,便被人死死拉住绑在了剥猪的凳上。

"我烧了我的屋烧死我自己还不行么?"老货把唾沫朝张角吐,把脚朝张角踢。

"怎么就烧屋?"张角说,愣愣的。

"好!像个男人!"张角说,愣愣的。

"好汉!"张角又说,这回变得狠狠的了。

后来张角朝绑在剥猪凳上的老货走过去,人们也围拢过去,坡屋已给烧得塌了下去,一下子又飞起多高的烟火!

"你再盖好坡屋我还要抽你狗日的六根竹!让你给我难看!"张角凑近老货低声一字一字说,然后又大声说:"这是法律呢!世上有法律呢。"张捍东跟着也这么说了一句。

人们都吃了一惊,看定了张角,想不到张角会这么说。

结　尾

老货的头发胡子长起来已是两个月后的事,这不提也罢,要说就说一说县剧团,忽然有一个瘦伶伶的年轻人坐在台上去捏了竹笛"呜呜呜呜"地吹。自然过旧历年剧团到竹坡演戏时人们认出了那是小笛,虽然头上很抹了一些油,这是正正经经的结尾了。

关于老货呢?没了屋他就去老幺开的腐竹厂看门,去看那些鸟雀不让它们飞啄那晾在天光下的腐竹。没事的时候,老货常常弄一根笛子来"呜呜呜呜"吹,但笛是不再做了。那常吹的歌子人们原是极熟的,是讲太阳出来东边天空就要发红的歌。

东方红啊

太阳升呐

这又有什么好说?

时日就这么过去了,时日原是像水一样没人能不让它们过去的。一旦过不去了,人也就死了。

所以,人还是活着好,活着就有故事给生出来,像鳖生蛋、猪生崽、蚁生卵、竹生笋一样。

我们就能再讲故事了……

油饼洼记事

开　头

　　我极羡慕会讲故事的人，也想学着讲一讲，但最终我发现自己是一个不会讲故事的角色，比如下边有一个故事将很好听，但被我讲来讲去就不像了故事。一千九百九十年的时候我很想向田日新同志学一学讲故事，没想到他失踪于一场亘古罕见的大风，那场大风使油饼洼走失了七头老牛八匹小马五十二只羊（也有说是五十六只），并且使小学校的门窗玻璃全部碎如雪片腾空而去。那么，我也只好自己摸索着把故事讲下去，那么这个故事的开头必将是这样。

　　油饼洼有个油饼村，油饼村有个田木匠，田木匠有个儿子豆官,田木匠为了豆官长寿给豆官取了个名字就叫豆官,春去冬来,豆官不觉已经三十一岁,故事说的是一千九百九十二年夏天,豆官这天中午满头大汗急煎煎跑来告诉村长刘小麦,一上午也没个人敢进吴世才那杀才的家。豆官一边说话一边用手里的草帽给自己扇凉,天实在是热得有些不正经,豆官看着刘小麦额头上有不大不小七八粒汗珠排着队坠落下来,接着又有七八粒汗珠排着队坠落下来。刘小麦却不看豆官,刘小麦皱着眉头看自己胳膊上那几道陈旧的刀疤,左胳膊五道右胳膊八道,道道都很深刻赤红。

"你再去看。"刘小麦头也不抬地对豆官说。

傍黑的时候,天上不南不西的地方出了两三颗不大不小的淡星子,豆官又急煎煎来了:又一下午也没个人敢进吴世才那杀才的家!豆官又说,这回他没再扇草帽。

"上来喝酒吧。"刘小麦就拍拍红漆炕沿,豆官就看见小红漆桌上有酒也有菜,菜共三道,不细说也罢。"你又喝酒啦?"豆官小小心心坐上炕沿看着刘小麦。

"咋不喝,高兴呢!"刘小麦说。

豆官就陪上喝,小瓷盅子捏在手里,"吱吱"的一声,两人碰一下干一下,"吱吱"的又一声,两人又碰一下干一下。"我干他妈!"刘小麦张张嘴,说,想想,"吱"的又自己干一杯。"便宜那杀才啦!"刘小麦说,想想,又"吱"的干一杯。这回豆官也忙陪上干一杯,"吱"的一声,脸色就猛然变得煞白。"我喝不下啦!"豆官突然爬炕沿上干呕了两声:"你不知道那杀才臭成个啥啦。"豆官说着就捂着嘴跳下炕朝外跑,一出门把东西吐给在院坝里散步的黑猪,"哗"的一声,吐在黑猪屁股上,猪一甩尾巴,又把那东西甩他脸上,有几点还极不负责地甩在窗玻璃上。

"那杀才真臭啦?"刘小麦也惶惶跟着豆官出来,一边问一边掏出来往猪圈里尿。

故事背景

讲一下背景。

我不想在这里啰啰唆唆讲油饼洼的山是什么山水是什么水,总之这里有些山也有些水,只不过山太多了些,起起伏伏连成一片像牛屎饼,走五六天怕也走不出去。

水却极少,扭扭捏捏很不像话的有那么一条。

这里的人自然是吃不到白米的,寒凉的崬坡上广泛种着的是矮脚荞麦、矮脚莜麦、短脚谷子,还有粟子和大宗的山药,偶尔也有胡豆和绿豆,当然还有花开得很蓝的胡麻。菜呢,也只有黄山药和紫山药,黄的萝卜和红的萝卜。一般讲,黄颜色的萝卜粗壮硕大得有些不像话,红颜色的萝卜无论怎么拼命长也长不过黄颜色的那种。比较多见的另一种蔬菜是圆白菜,都小心翼翼地长得很圆,包得很紧,一层一层的叶子像包着什么宝贝,切开里边却只有一个细弱的菜根。

一般讲,油饼洼从前是个苦寒地方,人们对苦的另一种说法就是穷,但一千九百九十二年却无人再说油饼洼穷。因为我们伟大英明的政府允许人们在左一道右一道的崬沟里挖一些深深浅浅的洞子,便有黑色的石头给弄出来,便有细弯弯的沥青路修进来,便有南方的白脸儿的住进来,便有风流的故事给干出来。一般讲,南方人把黑色会燃烧的石头叫作煤,油饼洼却只叫黑炭,那些黑洞自然被叫作黑炭窑。人们发现无法再叫黑炭窑是跟刘小麦这个人有关,刘小麦既然是油饼村的村长,所以他就不可能不去领导炭窑,但人们又无法叫他"窑主",时间发展到一千九百九十二年,通而行之的名称已经是"矿长"。人们以前也是这么叫吴世才那杀才的。

吴世才是什么人?

乡村故事之一

为讲好这个故事,我们有必要介绍一下吴世才这杀才。严格地说,油饼洼现在挑不出几个说吴世才好话的角色。原因明确得就像路上的卵石。吴世才这杀才领上一伙人去油饼洼西边的峁沟里左弄右弄打了七八个黑洞却没有挖出来一块煤,倒给村里欠下了十四万元的债!这里还不说有两个倒霉鬼给压死在洞子里,虽然倒霉鬼后来给人们追认了一追认。这两个倒霉鬼一个是吴小货(此人生殖器奇小如胡豆,故名为小货),一个是周太节,周太节的事情待会儿我是要讲一讲的,只是不宜女士们知道,那事多少有些流氓的。

精通油饼洼历史的人,大多都不会不知道油饼洼的历届村长:

李齐狗：1948年至1952年的村长。

李九改：1953年至1959年的村长。

吴富毛：1959年至1965年的村长。

吴好货：1965年至1967年的村长。

刘捍东：1967年至1976年的村长。

吴世才：1976年至1986年的村长。

刘小麦：1986年——

这你就知道了吧，吴世才也是当过几年村长的！1943年从娘肚子出来的人一般注定了要属马，但如果从娘肚子里出来再迟一些属了羊也说不定。吴世才因为生在12月就属了马，他当过兵，在青海那地方。那地方有很多很多的盐巴，据吴世才自己说他在那里流了不少通红的鼻血，后来他又去了四川，去那里修一条水淋淋黑漆漆的洞子，后来就又回来。因为他会使枪，便去当民兵队长，因为当民兵队长，后来便又去当村长。这是吴世才的历史。吴世才的面貌长相似乎有必要也素描一番，那就是此人长得很是清秀，中等个子，瓜子脸，脸白白的，眉毛黑黑的，因为长得蛮好看，所以就有一个丹凤眼的四川女子给他痴痴地带了回来。据说先在四川那个山旮旯给吴世才起起伏伏弄大了肚子的，那女子来油饼洼不久果然就给吴世才扄下个儿子。

人们把那女子叫"四川侉子"。

如果她是东北女人呢？那么油饼洼的人们就会叫她"东北侉子"，如果是湖南就叫"湖南侉子"，以此类推，简单易行。

四川侉子给吴世才扄了两个儿子，老大叫金油，老二自然跟上叫了银油。金油和银油也长得蛮好看。老大金油在玉米地坝里曾有过几次风流的业绩，比如和周太节的女人。但现在金油和他的兄弟银油还在大牢里苦度时日，白天他们在牢里做些什么不大清楚，晚上大抵要捉一捉虱子的，但牢里的人犯捉了虱子又一律不掐死，却都把它们放在地上让它们兀自爬去找一条生路。金油和银油在牢里仔仔细细讨论过几回的问题是：虱子吃不吃草？

杀人的故事之一

熟悉油饼洼一带地理的人士必然不会忽视油饼洼西头的鞑子坟，鞑子坟很秃很圆，就像了馒头，所以又叫馒头峁。因为很秃很扁所以就不像了窝头，窝头比较尖一些，鞑子坟再往西，还真有个峁叫窝头峁。

人们世代相传鞑子坟下边埋了不少黄眼黄须骚鞑子的尸骨。当然这就与杀人有关。据说人们当年蒸了一个又一个硕大的面人儿，面人儿里都藏下磨得雪亮的凶器，那凶器说来可怜也只不过是些匕首和女人们的剪子。当时政府很不英明，治安政策是要人们十户共用一把菜刀，这便把人们惹得火火的（熟悉历史的人不妨回顾一下，施行过这个政策的朝代独独只有元代，所以这个故事必在元代无疑）。后来人们就蒸面人、藏凶器，结果许多胡须不幸生得黄了一些的人也跟上遭了殃。被杀死的鞑子统统猪狗一般给埋到一个大土堆下边去。这就是油饼洼历史上杀人的故事。

但颇为可疑的是，油饼洼乡民于一千九百八十一年突然去鞑子坟下边去挖骨头，白花花成堆成堆挖出来卖到县城中药堂去。吴小货那时还活着，竟挖出一块腿骨奇大无比，人们都说眼下的人怎么倒比不了古人？怕是精水不如了先人？忽然又有人说那原不是人骨，便有几个戴眼镜的来考了一考，说那竟是龙骨。

这么说，油饼洼历史上实际上并没杀过人。

好！那么就让我认认真真讲一个杀人的事。

讲杀人的故事之前是要提一提那首好听得很的民歌的，因为刘小麦和吴世才当年都是唱这首民歌长大的。比如说，刘小麦在西峁坡上割矮脚子莜麦，吴世才在东峁坡上割毛秆儿豆子，累了就要歇一歇，峁和峁之间照例有很深的沟涧，走过去是要绕好大的一圈子路，所以他们就懒得走，但他们都比较喜欢扯开嗓子唱一唱：

哥拉你的手，哎嗨！
哥亲你的口，哎嗨！
拉手手哎亲口口，
哥领你往旮旯里走……

这支歌原是要一男一女对着唱的，这时却给两个后生子脸红红的唱了，唱完，或抱着红瓦罐喝一气水，或再极有气势地相对着撒一泡尿，就再继续去割豆子或削莜麦。

那时谁也想不到吴世才这杀才后来会去杀刘小麦，会闹出泼天大的事来。

杀人的故事之二

杀人的故事一般都发生在漆黑的黑夜，一千九百八十六年三月二十八日这天油饼洼下了点碎雪，这样的晚上男人们都会脸红红的灌些土烧酒，油饼洼的女人们对男人们喝酒一般抱欢迎态度，一是酒能把男人留在炕头上，二是喝过酒熄了灯那事必定干得比平日更欢闹！油饼洼的生育在那几年一直比别的地方凶，女人们的腰带总系不紧，毛娃一个随一个掉出来。所以区上下来的干部以为是酒壮了男人们的阳气，后来才发现错怪了烧酒。生育凶的道理却在于没有电！区上负责计划生育的李宝贵与吴世才有过十分脍炙人口的对话：

"咋球闹的生得这么凶?"李宝贵脸黑黑地说。

"黑夜连个电也没有让人们去做啥?"吴世才竟一脸的笑嘻嘻。

这话就马上反映上去,竟引起一片意想不到的嬉笑,以至于主持会议的人一再要求大家严肃一些。

吴世才就是在下着碎雪的那天夜里领着大儿子金油二儿子银油一脚踹开了刘小麦的院门。吴世才手里拿着年节时要羊儿命的尖刀,金油手里是一个红木把子大改锥,银油手里是一把羊铲,快走到刘小麦门口时,金油把他爹手里的刀一把夺了过来,说:"我年轻哩,我拿刀,我怕啥!干他妈个×!"

简单地说吧,刘小麦家的木板院门那时还没闩,吴世才领上儿子进去的时候刘小麦正和自家女人笑嘻嘻圪蹴在一进院门左手的猪圈里看大猪生小猪。金油跳进猪圈上去就用刀砍刘小麦,刘小麦来不及站,就抬起右胳膊护头,右胳膊马上就给砍了七刀,又抬起左胳膊护头,左胳膊又马上给砍五刀。银油在一旁要用羊铲劈刘小麦女人。"不许砍我奶妈!"金油就说,银油就不砍。金油原是吃过刘小麦女人的奶水的。这时刘小麦的闺女红叶听见动静慌慌失失跑到猪圈来,她正在和一盆豆面,手上都是面,她跑过来看一下,"哇"地尖叫一声返身就跑,吴世才这杀才暗处追上去就是一改锥,就听红叶"哇"地又一叫,倒在院心立马滚做一团。

刘小麦两只胳膊都给砍坏了,金油又在刘小麦的屁股上捅五刀,然后又去捅猪,大猪捅九刀,刚生下的小猪各捅一刀,一时猪叫人叫,猪血人血马上通红了一片,再后来就有人扑通扑通跑进了院子,把在院心打滚的红叶往起扶,却不明白红叶脸上挂着个什么在打秋千。进家后在灯下还不明白那就是人的眼珠。

揉进去!老鬼吴孩孩后来明白了那是什么物件,就指挥人们往进揉,但哪里揉得进去。

刘小麦女人这时在猪圈里屙了一裤子,站不起也说不出话,她坐在那摊血水里只听见院子外有人跑过来跑过去地说:老村长杀新村长呢!老村长杀新村长呢!老村长杀新村长呢!老村长杀新村长呢……

鸡之一

我不会讲故事的原因之一是我总想独辟蹊径回避"从前"二字而讲从前的事,因为"从前"这两个字作为开头已经给人百般千般地用俗了。所以我注定讲不好从前的故事,那么,就让我讲讲现在的事如何?

比如讲讲死鬼吴世才。这杀才现在是死了,人死了原是没什么好讲述的,人死了直接引起的是眼泪和大量白布的浪费,当然还有其他一些麻烦事,比如奔丧与吊孝。哭是免不了的,一般来讲女人的哭声耐久且好听一些,特点是细而绵长,如果录下来,拿到美国被当做流行音乐也说不定,男人的哭声就粗而短,拖长了便有些怕人,所以一般男人事先就知道了不会哭得动听,所以就干脆不哭也是有的。

但现在的问题是吴世才死了三天竟然没人去看更没人去哭,这之间倒出了一件怪事,那就是鸡们结了队都往吴世才的院子里跑,跑进院子就聚在吴世才的屋门前"嘣嘣嘣嘣"啄门板子,跃起落下地啄。当然这些鸡大多是雌性，偶尔也有一两只硕大或精瘦的公鸡混迹其中。油饼洼的公鸡大多流氓成性，时不时要跃到母鸡背上风流一下，油饼洼乡民对此也熟视无睹。人们眼睁睁看着鸡们往吴世才院子跑只觉得又害怕又奇怪。

"鸡们做啥呢？"问这话的人之一就是周太节的长脸女人。

谁知道球做啥呢！回话的是她的小叔周二节。

这天他们两个去没人知道的地方按照古老的方法碾了一碾黄米，照往常那些鸡是要随他们一路走的，在他们身后探头探脑找一两粒漏网的米粒。

"鸡们做啥呢？"周太节的女人一边走一边又百疑百惑地说了一句，这时她又看见五六只小冠子母鸡急匆匆进了吴世才的院子。

谁也说不清鸡们去吴世才这杀才的院子做啥？因为谁也不敢走进吴世才那杀才的院子。周太节的女人就离得远远的歪上脸朝院里看，就看见那群鸡在阳光下羽翎辉煌地啄门板子。

周太节女人突然打了个冷颤，突然哇哇地干呕起来，她闻到了那股从院里飘过来的臭味（这天刮的是南风）。

风俗之一

这里有必要讲一下油饼洼的风俗。比如说,油饼洼打新窑要先请二宅先生,开基这天照例要先杀公鸡,母鸡照例是不行的,凡认识主家的还都要送一块青砖去,或者从河底捐一块滚圆的石头。又比如说生娃儿,门头上挂一颗大头铁钉则表示生下儿子,挂一绺儿染红的麻线则照例是女娃。又比如说办丧事,哪家死了人,认识的人都要去烧纸,或送四个染成蓝色的鸡蛋,和死者亲近一点的还要去哭,但也有仇家悄悄寻上门的,乘人不备把兔皮羊毛或别的什么皮毛塞到棺材里,死者来生必变牲灵无疑。这事在一千九百五十六年是出过一次的,一个叫周金手的,死时就被仇家毛粪斗在身下放了猪毛,便投胎做了猪,还给他的兄弟周银手托了梦。猪生下来,叫声便有些异样,周银手对着小猪跪下叫一声哥,小猪就点一下头,叫两声就点两下头,当然叫三声就会点三下头。当场可以做见证的人有:

李二眼：贫农，已死亡。

刘报国：贫农，已死亡。

刘全：贫农，已死亡。

吴孩孩：地主，仍健在。

这四个人眼下只有吴孩孩还活着，但已讲述不了什么，所以对此事有兴趣的人，也不必专程前往去采访，去了也只能听他一声接一声地吼痰。

总之，油饼洼的乡俗极重礼仪，一般讲，仇隙再大，一死也就了结，人一死，乡邻没有不去看一看的，吴世才这回倒成了例外，倒像是油饼洼死了一只小鼠或一条菜米虫！

刘小麦

（我们在讲吴世才的同时还要再讲一下刘小麦的事情。在吴世才死后的第二天，刘小麦也突然病了。）

刘小麦的哥哥叫刘小谷，刘小麦的弟弟就叫了小米和小豆。油饼洼的地名和人名大多与吃食有关，比如有叫百谷的，马上便有人叫千谷，千谷一叫出来就又有了万谷，油饼洼在数字上没有亿的说法，后来便只能叫天谷，这名字就算叫到了头，但偏偏叫天谷的那家的仇家也生了侄儿，却叫了吃谷！叫天谷的这家自然气不过，便打斗起来，打斗的规模也不过拿拳头擂擂，或把烧火棍舞舞而已。真正像吴世才拿刀杀人的却少见。

刘小麦身体极好，才没有被吴世才杀死，刘小麦既然没被杀死，便继续做他的村长，这也是人们想得到的。

但问题是吴世才死后的第三天，刘小麦突然病倒了。一千九百九十二年前刘小麦好像是从没病过，甚至都没头疼脑热过。

刘小麦病了会引起些什么事情？

与刘小麦有关的事

油饼洼正像许许多多的小村子一样，原是有一个小学校的，小学校又像其他地方一样照例在小土庙里，庙里早已没了描红画绿或不描红画绿的泥胎。学校的责任是教会那些毛头娃儿念书识字，比如认识"上学"与"下学"，"牛"字和"羊"字，"男"和"女"，让他们学会过年写"万物土中生""人勤地献宝"，学会盖房时写"上梁万事大吉""紫气东来"。"斗私批修"和"为人民服务"，以前是人人都要学会写的，现在是没人再学了。除了学校，和别处一样油饼洼还有一个小卖店，小卖店以前叫"供销社"，现时不时兴了，就叫小卖店。小卖店在村子不东不南的那个地理位置，店子后头不高不矮长着一棵瘦树，树上盛产赤红肥蠕的大毛虫，说毛虫有些名不符实，因为这种虫子一年一批生生死死并不见长出毛来。有人还把它们捉来放在柴禾火里烧吃。小卖店也没有什么与别处不同，一样的木头柜台木头货架，放酱油与醋的老黑瓮。货架上照例排着队的是七红六绿的罐头和脖子挺细的烧酒瓶，照例还要有三四种点心和一些花，当然还要有糖块儿。这些货以前是一年也卖不出多少，时下因为有了煤窑，货就卖得飞快了几十倍。有店铺自然要有老板，油饼洼小卖店的老板因为脖子上有疤就叫了"疤头"，这真有些文不对题，但叫疤脖又不顺嘴,所以叫疤头。疤头今年三十五岁,很胖,没人买东西时他就常常兀自趴在柜台上酣酣睡去,但这天他忽然一天忙得团团转,来买东西的人络绎不绝,疤头懵头懵脑向前来买东西的人打问,才知道是村长刘小麦病了。

来小卖店买罐头点心去看刘小麦的人先是小煤窑上的那些人。络络绎绎地来,络络绎绎地去。后来又是村子里的人,也是络络绎绎地来,络络绎绎地去。一来二去,到了天快黑,疤头货架上的货就光了。

这天豆官是最后一个来小卖店的角色,手里晃着个手电。

"你球来晚了,没货啦。"疤头说。

"都谁去了?"豆官问,懊悔自己来得有些迟,让别人抢了先。

"这会儿的人都是些球人!"疤头突然说。

"你闻闻,人死几天了也没个人管!"疤头耸耸鼻子又说。

"有本事,你对刘小麦去说!"豆官说,把手电在疤头脸上晃晃。晃晃又晃晃,对了一下,又晃晃。

"你敢?"豆官又说。

对话之一种

如果再过二三十年,油饼洼的后人回顾先人们的光辉历史,也许会讲到刘小麦病了一场光罐头就收了五百瓶的事!如仅仅这么讲,那可真是有些怠慢了历史,所以,有必要在这里把刘小麦生病期间的事披露一下。这里原是有一段对话记录下来的,对话的一方是豆官,另一方就是刘小麦。刘小麦坐在自己家的炕上,背靠着花花绿绿的被垛,炕围子上照例用五颜六色的颜色画着些石榴、牡丹、梅花、西瓜、兔子、果子、香蕉、桃子、花生、核桃,当然还有喜鹊和金鱼。

豆官从外边进来时,刘小麦正靠着被垛仰着脸抽烟,屋里桌上、炕上、窗台上堆的都是人们送来的罐头和点心包儿,都在电灯下花花绿绿的好看。豆官一进门就明白不少人真的来过一来了。

"咋啦?"豆官挨过去仔细看刘小麦的脸。

刘小麦忽然笑了一下。

这里有必要披露一下的是豆官叫田豆官,刘小麦的老婆叫田豆花,这你就会知道刘小麦与豆官的关系了吧。

"我病?寡球的!"刘小麦把身子欠欠,靠近豆官,放小了声音:"我就是要看看我这人是不是也臭得和那家伙一样死了没人理。"

"那杀才,能和你比!"豆官眼一下瞪老大。

"那杀才咋样啦?"刘小麦问。

"蛆都爬出院子啦。"豆官说,身子抖了一下。

"时候还不到呢。"刘小麦又笑笑。

"还让他臭呢!"刘小麦又说,说完看自己胳膊上的红疤。

豆官就不说话,看自己指甲,看完左手看右手。

"你数数够多少。"刘小麦笑眯眯地指指灯下花花绿绿的罐头,你看看,不让来不让来还都来啦。

豆官就去数,从桌上一路数到窗台上。三百二十七个。豆官说。

"你再去里头数。"刘小麦又说。

豆官没想到里头屋还会有,愣了愣,就又进了里头房,一百七十三个呢。豆官很快又从里头房出来。

"你让疤头来一下。"刘小麦说:"我有事对他说呢。"

"有正经事呢。"刘小麦又说,把烟扔给豆官。

这段对话到这里也就算完了,也不知有何深意,浅显的意思倒是有的,就是刘小麦实际上没有生病,事实上这是又一个故事的开头。我反反复复推敲了是否该把故事从这里开头,比如可以是这样:

"油饼洼从前有个村长叫刘小麦,为人正派,办事公道,长得眉清目秀一表人材,只说他忽一日病了,村里老少男女提上罐头点心自愿去探望他,差点踏断门槛。大家都祈愿他早日病好。单表这一日,油饼洼会计田豆官也来看望刘小麦,却没想到刘小麦竟然未曾病。这倒引起一个精致的故事来,看官听者,故事原来如此这般……"

这个开头似乎更具有通俗意义,是不是?我明白读者诸君要问刘小麦为什么要在吴世才死后谎称自己病了,为什么?

对话之二种

七月在油饼洼是吃嫩玉茭的大好时光,这天夜里,豆官的女人吴玉姣正煮了那么一釜锅嫩玉米,把满身的臊汗都给煮出来了。豆官这时已经双手拿定了一根喷香的玉米在啃,一边唔唔一边盼咐女人点上艾绳。豆官女人就去灶前点艾绳。人家病一回值七八百块呢!豆官女人一边点艾绳一边说。这话她已经说了有好多次了,豆官不耐烦了,这时就伸出个中指头在自己女人身上肉厚的那地方捅了一下又捅一下:"日死你!"豆官说。

豆官女人就嘻嘻笑,就把点着的艾绳一下从灶眼里拉出来,站起身把艾绳搭窗台上,然后猛把头往后背了一背,耸耸鼻子:"臭死个人啦!日不死也臭死啦。"

豆官也就把头往后背,忽然就"噢"了一声朝门外跑,还没出门,就"哇"地吐下一地。

你吐猪窝去!豆官女人就说:"你吐家里给谁吃?给你爹?"

日死你!给你妈吃呢!你不怕别人听见?豆官把嘴

擦:"我再吐死呀。"

豆官女人就出去,把猪往屋里赶,让猪吃豆官吐下的黄澄澄的东西,猪不吃,乱晃头。

"日死你个妈!"豆官就踢猪:"你比刘小麦还娇气呢!"

刘小麦真是厉害呢,豆官女人站在一旁说:"就没个人敢给区上打个电话?"

"小点声吧,你咋不去打?"豆官说,出去看看外头,外头没人。

玻　璃

玻璃是一种极易碎裂的物品,油饼洼乡民都很喜欢玻璃。

疤头这天夜里就听了豆官的传达到了刘小麦的家,刘小麦笑嘻嘻一手搓脚杆子一手搓脊背,吩咐疤头去做一件事。如果不把话扯远了,那就是刘小麦让疤头把别人孝敬他的罐头拉走去换一些玻璃来,疤头想不到会是这事,怔怔地愣了好半天。然后他就去办事了,而后他忽然又有些感动，令他感动的是刘小麦要用罐头给小学校把玻璃都换一换。

"人家把罐头退了要给学校安玻璃呢。"疤头逢人就说。

到底是村长呢。人们都说。人们都聚在村巷里说闲话，说杀才吴世才、说刘小麦、说玻璃、说煤窑、说女人、说听房、说某某男人的鸡巴、说钻到煤窑里的白狐狸、说毛虫、说吴世才死三天咋就没人管？

电话之一

油饼洼原是有电话的，倒是打电话的没几个人。乡民们都不需要打电话，有话隔墙隔峁就说了。区上打下电话，也都是打给村干部，说结扎、说戴环儿、说化肥款子、说种树、说水利，所以关于电话原是没什么好说的。油饼洼乡民对电话有了深刻的认识还是刘小麦被杀才吴世才砍了十七刀那回，因为刘小麦的闺女红叶给戳坏了一只眼，区上卫生所的刘大眼后来怪罪下来的话就是这么说了一说的："不会打电话么？电话打到卫生所眼还会瞎吗?"人们听了这话就愣头愣脑了一回。

总之油饼洼乡民日常会想到犁、锄、斧、铲、镐、筐、篓、笆斗、担杖、木柄、筐箩、菜瓮、粪兜、耗子、虫子、狗、猪、驴、牛、猫、骡、羊、山羊、绵羊、头羊、花椒、大料、盐、醋、孩子、女人、吃饭、和女人睡觉。会想到种种,但就是想不到电话。但一千九百九十二年八月二日,也就是吴世才死后的第五天,周太节的兄弟周二节竟突然想到了电话:不会打电话告给区防疫站的人么!周二节风风火火去趴在柜台上对疤头这么说:"让防疫站的人来收拾狗日的吴世才!"

"你让谁打呢?"疤头马上说,把电话递给周二节:"你敢打你就打。"疤头说。

周二节就马上不再说那话,直翻白眼:"你让我得罪刘小麦?"周二节呸了一下。

人们也就不提给区上打电话的事,但又都怕那尸臭,都往鼻子下抹些水酒,不知是谁先带的头,后来人们就都往鼻子下抹些水酒,素来怕老婆的角色比如老鬼吴孩孩也乘机跟老婆讨些烧酒,很解了一解酒瘾的。

怎么到底

田日新同志给我讲过,讲故事就像编一只荆笆篓子,照例是开头难结尾也难,所以我的故事常常就讲得有头无尾。比如我现在讲油饼洼的事,就不知该怎么结束了。一千九百九十二年八月一日,我又重新研读了赵树理先生的《小二黑结婚》,发现这篇小说的最后一节竟是《怎么到底》!我便想也来一个"怎么到底",请看下边:

……田豆官和疤头这天没有各自回家,见刘小麦的脾气有些改变,所以便趁势说合说合,刘小麦也就顺水推舟同意他们把吴世才埋掉不记前仇!后来田豆官和疤头都准备了一下,就去埋吴世才,进门之后,田豆官和疤头都十分恶心,他俩看见蛆虫们排上队一直蠕蠕地爬出门外……

写到这里,我发现这无论如何不可能是个结尾,因为实际上不是豆官找刘小麦,而是刘小麦派人把豆官叫到了家里，那么这个结尾应该是这样。

忽一日，刘小麦传话让豆官去一下，豆官就去。推门进家，豆官抬头看见刘小麦正端端正正坐在炕上，笑笑地说："你去给区防疫站打球个电话吧，让防疫站派人来打发那杀才！"

豆官一时竟不相信自己的耳朵，就看定了刘小麦，问："让我给区上打？"

"打去吧！"刘小麦说。

这天天气又是热得有些不正经，豆官走到小卖店时已经把上身的衣服脱了。这时正有几个人在小卖店里"吱吱"地喝酒，这几个人就马上知道了刘小麦让豆官给区上打电话的事。

实际上到这里油饼洼的故事就已接近尾声了，但这么结束，我想读者诸君是肯定不会答应的。

石　灰

下边有必要讲一下石灰，油饼洼乡民要用石灰就都去叫马儿山的山壁上去挖，然后把挖下来的石灰垒起来烧，狼烟滚滚自不用说，碰上下暴雨，整个石灰窑要是渗漏进水炸了，响声顶几百个雷，也有就此给炸聋的，比如老鬼吴孩孩的哥。

关于石灰的事我们不能扯得太远，这里需要讲清的是豆官真的给区上打了个电话。有话则长无话则短，打电话后的第二天，区里当真的下来了人。这两个人很普通，一个个子高一点儿，一个个子矮一点儿，这不讲倒也罢。只是这两个人往吴世才院子走时引起了不少油饼洼人的注意，许多油饼洼乡民就远远地跟定了他们，看这两个人进吴世才这杀才的院子后该如何行事。六天以来，吴世才院子外还从来没有过这么多的人，后来就有人趴在墙头上。后来人们就看见区上这两个人脸色煞白地跑出院子，跑到院外就圪蹴在那棵不高不矮的槭子树下哇哇地吐。

鸡们在院里做啥呢？就有人凑过来问。

"鸡吃蛆呢！"区上的那个人就说，那人已在地上吐了一堆，直吐得两眼泪汪汪的。

人们也都突然恶心起来，都面面相觑。

"要洒些石灰呢。"区上那人又说，抹抹嘴。

到了天快黑的时候，油饼洼的人又看见这两个区上防疫站的人在吴世才的屋子四周绕上圈洒石灰粉子,那些石灰粉子在黄昏时分显得很白,但很快给鸡们踩了满地"个"字。

这天夜里不少人家把惊惶失措的鸡们从院子里赶出去,鸡们给赶急了就往树上墙头上乱飞,"咯咯咯咯"很慌闹了一阵。

这像不像这个故事的结尾?

真正的结尾在哪里?

这里自然又是要有话则长无话则短了。区上防疫站的人洒完石灰的第二天,这天天气照例又是热得很不正经,人们就听说了刘小麦要给吴世才这杀才收尸的事。人们自然都跑到吴世才院子外去看,连邻村狗×洼、驴儿山、老婆岭、马儿梁、猪儿洼的人也都赶来看。自然是人头攒动像了看戏,尘土踏起有多高!崄上、坡上自然也都站立了人。人们自然也看到了刘小麦,刘小麦头上戴了草帽和那两个区上的人边说边走到吴世才院子外那棵不高不矮的槭子树阴下站定,由于人多,站得远的人就听不清刘小麦在说些什么。人们只看见那两个防疫站的人慢慢往手上戴手套,慢慢往地上铺塑料布,慢慢往口罩上浸些酒水。

"我他妈进去看看!"刘小麦这时就突然说。挨得近的人就听见了这话,都一下子看定了刘小麦,看他点了一支烟,抽口,又猛猛地抽几口,然后往吴世才的院里走,但没人敢跟他进去,人们看着刘小麦进了院子,院子里的鸡们一下子惊飞起来,有一只小公鸡极不负责地踩翻了墙头上的一只夜壶,那夜壶恰恰又掉在墙下一个娃儿的头上,那娃儿便尖声叫起来,然后那娃儿头上就流下血来。

这像不像个结尾?

如果说这是个结尾的话,接下去就应该说说豆官。豆官和别人一样也眼巴巴看着刘小麦进了吴世才的屋门,他在院子外站了一会儿,突然觉得自己也该跟进去看看,便顺手从旁边要过酒瓶,往鼻子下抹了抹,抹抹又抹抹,然后就硬着头皮也进了杀才吴世才的院子。豆官进了吴世才的院子,忽然打了个喷嚏,打了一个又打一个,然后是觉得恶心。

豆官走进吴世才的屋子时眼黑了一下,他闭了下眼,然后才睁开,然后就大吃了一惊。屋里那盏灯亮着,刘小麦在吴世才那杀才的头前站着,正把一根细木棍狠狠往那杀才的脸上戳,戳的地方就是眼的地方。

"我拨拉蛆呢!"刘小麦看见了豆官,说。

"蛆把这家伙眼也吃了。"刘小麦又说。

刘小麦一边说一边把木棍儿继续用力往吴世才眼里戳。

豆官这时就听见"啪"的很脆的一声,声音不大不小正好把豆官给吓一跳,豆官就看见刘小麦手里的木棍从中间断了,一截还在刘小麦手里拿着,另一截却直直地栽在吴世才的一只眼里!

真正的结尾

实际上话说到这里也没什么要说的了,如果非要说,那就是吴世才后来自然也给埋葬了。这没什么好说的。与这件事相距不远的另一件事是刘小麦带着闺女去省城安了一只假眼,当然这也没什么好说的,好说的是那只假眼据说要常常取出来洗,有一次红叶把眼取出来放在杯子里就睡着了,这自然是夜里的事,刘小麦那天恰又陪区上的人多喝了盅水酒,渴燥的不行,就端起女儿床头的杯子"咕嘟咕嘟"喝一气,这也没什么好说的是不是?

好说的是后来,刘小麦突然肚子有些不舒适,百般地拉不出屎来,百般地吃药也不见效,后来就去区上看病,从肠胃一路检查下来,内科的大夫名叫潘新华的,用肛门镜给刘小麦检查屁眼儿,竟一下子吓死过去,醒转过来说出一句话把人们笑得半死:我一辈子看屁眼从没见过屁眼看我!

这你就会明白了吧,那只假眼竟然卡在了刘小麦的屁眼里!刘小麦自然又带上闺女去安了一回假眼,安假眼的时候刘小麦突然很伤心地对闺女说:"爹对不起你呢,便宜了吴世才那杀才,没活剜他一只眼!"

这才是真正的结尾。

释　名

最后要说的一点是,为什么我们故事的背景会叫了"油饼洼"?不为别的,只为它是西牛界一带山区中的小小盆地,站在牛屎饼样的崾梁上可以看出那是一个真正的洼,洼里水土好,聚风水,所以那几年好不威风,过年是可以吃到油饼的！所以叫油饼洼。眼下是到处都可以吃上油饼了，而且还修了铁路，倒不必非等到过年，所以油饼洼似乎不值一提了，所以人们将不再记起油饼洼，以后我也不准备再提起油饼洼，或许它真应该重叫一个名字了。

扁村笔记

名　字

关于名字原是没有什么好讲的，非要讲一讲也没什么好讲，在扁村，比如狗就叫狗猫就叫猫。在扁村男女合穿一条裤子的年代一般人们都要常常饿肚皮，这时候就有人把名字叫了"年糕"，结果这角色在人人非但吃不上年糕而且连草籽都吃不上的那一年就招了公愤，据说给当作年糕煮了吃掉，这事如果要讲，怕把一些善良的读者吓坏，还是不讲的好。总之有些年月里人们是不敢叫诸如"年糕""米团""金谷""银谷"一类名字的，道理简明得很，因为那些年月人们连草籽都吃不到几粒，所以人家生娃儿大多起了"狗儿""羊儿""猪儿""猫屎儿"这类的贱名,民国十一年娶了五个姨太太的江西省省长吕端林小名叫"八鞋儿"的,查查他的原籍,竟然是扁村人氏,据说当年扁村的人就都去找吕端林,提着米袋。那是民国十三年,这原没什么好说。

开 头

开头就是有一个女人跑到外边去了,这没什么了不起是不是?但这里要说到一条河,扁村的河顺理成章的叫法是扁河,也有写作"变河"的,或者干脆写作"便河"的,这都不关紧要。扁村的乡民一律对文字不怎么计较,比如过旧历年就有把"猪羊满栏"的对联贴到堂屋门首,把"诗书传家"倒贴在猪羊栏的楣头上去。这种事一般发生在过去。(我们总是习惯把不好的事情归到过去,这有什么办法?)现在扁村的年轻人一般都会写字,写信的比较少见,有写的也弄出过许多笑话,比如临写信时就不会写"妻"字的也有,就划个"○"来代替,这有些扯远了。不妨就干脆把那条河叫作"扁河",扁河的形状竟然像把扇子,从村北"哗哗哗哗"流来朝村南"哗哗哗哗"流去,"哗哗哗哗"流过村子的时候就"哗哗哗哗"一下子宽许多,宽得恰像一把打开的扇子。扁村的乡民一律把扇子叫做"取凉",这似乎有考证的价值,但这和故事似乎没有关系,不讲也罢,单说扁河上那座磨坊吧。

磨坊就是那么个磨坊,架在河上,河水夏天大冬日小,"哗哗哗哗"流过来的时候就推动了那四盘老石磨。磨坊的建筑材料当然也不外乎是青麻石条和老粗的樟木头,当然也有不老粗的木头,这种不老粗的木头一般架在磨坊顶上,给四季的雨弄得长满了青苔,阳光好的日子里,就会有小青蛇盘在上边睡懒觉,扁村的人们对蛇一般没多大意见,但有时会忽然怒气冲冲飞来一只鹰,在磨坊上空旋旋又旋旋,惹得磨坊的母黄狗吠叫不停,然后就发生那种事了,也就是鹰在吃蛇,或者那条蛇原是极毒的,竟把鹰给咬死,那鹰就像醉汉一样从空中昏头昏脑坠落,有时就极不负责地坠到一个蹲在茅厕里"吭吭吭吭"拉屎的人的头上,这事真的发生过那么一回,而且讲起来也极好听,待会儿可以讲一讲。

扁村的人们经常要去磨坊,大多都是从东边那条土坝子路"呵呵呵呵"走来，走得累了就一般在磨坊外边的旧磨盘上"呵呵呵呵"喘着气歇歇，然后再从正门进去，大声地说话，像吵架。一般人在磨坊里说话都会把声音搞得很大。人们"呵呵呵呵"扛着麦子进来再扛着麦粉"呵呵呵呵"出去都得走过那个门，门上原是没门板的，只用乌黑的松木板一块一块到了晚上从里边插死，但也有人不走那门而是从磨坊后边的窗子一下子跳了进去，这一跳就跳出个极好听的故事。一般人都不从窗子跳，几十年来都没人跳过，所以有必要讲一个跳窗的故事，跳窗的情况有几种？这一下子说不清。在窗口跳出跳进玩的似乎也没有，起码在扁村没这样的角色。

好了，讲一下我们的故事吧。跳窗子的人叫金莲，或者叫银莲也可以，但她姓刘是不可更改的。

名　字

有人去扁村考察蕨类植物，要编一本流芳万世植物志，竟发现扁村有许多野生柏树，那么就让我们先讲讲柏树好不好？

如果你在秋天快完冬天还没到的时候去扁村，就会看到一两个人或两三个人在这里或那里"叮叮叮叮"伐一棵老朽了的柏树。当然也偶尔会看见有人用碾子碾木头，如果你有兴趣再走近些，就会闻到怪好闻的柏木味道。对了，这你就明白了人们是在碾柏木粉，那物件是不能吃的，碾成粉然后用桃胶水像合面一样合起来，用一种漏床去压，那么一压两压就压成通心粉的样子了，扁村就把这东西叫做"佛香"，像挂面样晒晾干一捆一捆扎好，就好拿到外边去卖了。所以，扁村的柏木香是一直很有名的，据说这种柏木香对生娃儿的女人有很大的用处，娃儿生不下的时候照例要拿香点着给她熏熏，据说孩子就会生得很顺利，所以许多孩子就叫了"柏生""柏来""柏养""柏贵"，但这"柏"字的土音与"鳖"竟有几分近似，后来扁村乡民忽然竟一下子都不起这种名字了，原因是因为有人把"柏生"解释成了"鳖生"，这便终于酿成一场恶斗，这之中差点打死了一个人，那叫"柏生"的正是我们主人公的老子，我们的主人公叫什么？

古老的故事

一千九百九十年的扁村发生了一件古老的故事，村里的老家伙们聚集在一起得出的结论是认为磨坊的一扇门开错了方向，所以注定要出事。注定那个叫金莲的女人要从村里跑走。但人们很快把磨坊的事忘掉了，因为现在人们都很忙，比如谁家的牛下出像猴子样的东西，谁家的房梁上长了草帽大的花菌子，谁家的车子忽然翻到山罅里去。扁村的冬天照例是要下雪的，雪把从磨坊流穿而过的河水衬得乌黑，雪把磨坊边的大圆石头、磨坊顶子、磨坊后边的大树弄得都戴一顶雪帽子，这种时候人们才忽然想到磨坊的烟囱里已经好久没有青烟冒出来了。

这种下雪的日子里不少女人们在堂屋门口用麻鞋底子搓胡桃外的皮子，不少汉子就在火塘边红头涨脸地烧核桃喝烧酒，偶尔有一只核桃"砰"地爆一下发出好大的声音，会把那汉子吓一大跳。妈妈的×！汉子会摸摸脖子笑笑地说。

柏生也赶到城里去了。那汉子也许会说，去找金莲去了。汉子的堂客也许会跟上说，并且就往往停止了搓核桃，两眼望望下雪的天，屋外石阶上雪有好厚了，或者就有几只鸡在墙头上乱啄，但在这种天气屙蛋的鸡极少见，像商量好了似的，鸭在这个时候一般也不屙蛋。

惩罚的方式

扁村原是有两大姓的，一门姓吕，另一门没了法子就去姓了刘，这原是没有什么好说的，好说的是夏天的时候人们下河里去摸鱼，鱼一般都不往大了长，长到巴掌大的时候就会给人们摸了去，有时也有人摸到鳖的，但也有倒霉的角色在水里竟摸到一条小水蛇。摸鱼在扁村一般都在三个重要的日子里举行，端午节前，中秋节前，旧历年前。到了端午节，女人们挎了篮去打苇叶是没什么好讲述的，男人们则下河去摸鱼，一律脱光了裤子，前面吊着大小不一的阳具，但也竟有给眼尖的鳖一口咬住的，所以细心一点的男人在水里活动时有一手捂着阳具一手摸的，这需要极好的水性和手劲（比如我就不怎么行)。一只手摸得住鱼的在扁村只有两个人,一个是吕布苇,一个就是刘柏生。两个人又竟然能逮得住在水面溜走的黄鳝。所以端午节前、中秋节前是他们极得意的时光。男人们在得意的时光免不了要喝几口土烧酒的,喝了酒就说些好听或不好听的话,也有比手劲的,在河边把手腕扳得天昏地暗!也有比阳具的力气的,把浑身的力量聚到一处,去挑那给河水泡湿的草鞋,挑五双或六双的都有,但这些都不宜女人们观看,所以大多在河边摸过鱼之后举行,又比如你在扁村听到某男子叫五鞋,某男子叫八鞋,某男子或叫了二鞋的是不能问的——这你明白了吧。你也会明白民国十一年那个娶了众多姨太太的省长为什么叫了"八鞋"!他原是极有身手的土匪,当然一个人要是后来做了官,人们就不宜再说起他以前的事是不是?

就只说一千九百九十年端午节前一天的事吧。这天扁村突然来了不少城里的学生,个个脸子都很白,个个走山路都走得风尘仆仆,村里人也是知道这些学生崽是学画画儿的。这一天他们自然是在河边画了不少光屁股的男人,因为有学生崽们在河边画,这一天男人们下河摸鱼的成绩就很不值得一提。

你们不挂草鞋吗？后来就有一个学生崽说，他等不及了。

扁村的男人们就"呵呵呵呵"蹲在河边笑。你们先挂个看看呀。扁村的男人说。

学生们自然不会挂。这话就不提了。后来就百无聊赖地看那些鳖，给摸上来的鳖都用铁丝穿了鳖甲，既然爬不走，有几只鳖就装死，自然就说到摸鳖、吃鳖，河边的男人们已经折了大堆的柏树枝在那里，扁村的吃法是用柏树枝烤来吃，据说这么吃是香得十分可以的，但问题出在学生崽问吕布苇的名字和刘柏生的名字。

"你叫什么？"学生崽问吕布苇，想问问眼睛长得极小嘴皮极厚的吕布苇叫"几鞋"，从而引出些好听的话头。吕布苇念自己的名字时不觉得有什么，他笑了笑，他原是爱笑的。那个问话的学生崽就大笑起来，说秦朝古时候有个也叫"吕不韦"的。

"很古远的古时吗？"吕布苇就兴奋了一兴奋。

学生崽竟就不知天高地厚说吕不韦如何如何背地里日了人家女人，又把这女人送了人家做女人，骗了人家老公，把个锦绣天下给了别姓。

刘柏生就在这时忍不住"呵呵呵呵"笑了起来，这就笑恼了吕布苇。

"我把你个"鳖生"的！他是鳖生！"吕布苇一下子跳起来大说，指定了刘柏生，脸子涨得像了猪肝。

刘家一门生娃儿大多取"柏"字的，故事就从这里开始（那几个学生崽自然不知道那个叫扁村的地方因为他们的几句话发生了一些不怎么好听的故事）。

水

河照例是从高向低地流着，因为河比坡地一下子低了许多，河水在一般的日子里是不会"哗哗哗哗"流到地里去的，这就需要"哗哗哗哗"地去车，当然是在犯了旱魃的日子，男女都得"呵呵呵呵"喘着粗气去车，竟有累死在河边的。一千九百七十三年，政府忽然要解决乡民们车水的问题，便修了渠，青麻石砌的水渠有三丈高，直上直下崭齐的，站上去只觉一世界都在动，那水原是从扁村后边半山腰接过来的，这当然是好事一桩，夏天扁村的男人们就跳到渠里去"呵呵呵呵"笑闹着洗澡。可是过了十多年,也就是到了一千九百八十年,扁村却为了渠子里的水打得不可开交。问题是刘家田地里要放水的时候,吕家也竟然要放,而吕家要浇田的时候,刘家也要浇,结果是男人们扛着扁担出来打了几回,脑袋自然是有给打破的,便给自家女人吼天骂地的拉回去养息,也有乘机给人在裆里狠狠地掏一把,这角色就马上在地上打滚打得极好看。打架是没什么好说的,简洁地说吧,既然刘吕二姓都为水渠动了气,那么还要水渠做什么,大家便都气鼓鼓地去拆,你也拆,我也拆,水渠就很快给拆掉了。砌水渠的石条原比别的石材好用,便去砌了猪舍。总之,一千九百九十年的时候,扁村的水渠已经荡然无存。但刘姓与吕姓却结下了仇。水呢,却从山腰间"哗哗哗哗"流掉了,流到一个叫马板肠的地方去。那地方只有六户人家,又叫六坡头。马板肠那边住的人又把自己住的地方叫金子坡,所以生人要想找到那地方是很难的。

过去的事

吕布苇在河边和那些白面秀气的学生子说话,到后来张嘴瞪眼骂了刘柏生还真成了个问题,这就惹怒了许多名字里有"柏"字的角色,而以"柏"字排辈的又大多是刘姓的事,刘姓们便想起吕姓的旧恶,便一起在河边吼道:打打打!吕姓原是理屈的,便愿找中人出来把这事合一合,便去磨坊房檐挂彩头。也就是扯三丈红布打上花结挂在刘柏生磨坊去去晦气。想不到吕布苇又是个出了名的小气角色,竟只买了三尺的红布,这就更惹怒了刘姓一门的人,便都肩了锹耙去挑吕布苇的屋顶,这是自古传下来的规矩,叫做"给天公看看"。

不妨把扁村的房子在这里说一说,照例是石头一块一块地垒起来,算作是墙,到了冬天飘雪的日子里便用牛屎稻草合了泥用力往墙上"啪啪啪啪"地摔,去糊那石头的缝隙,不给风钻进来。夏天雨多的日子里那泥巴照例要给雨水冲得精光,但这也不妨事,到了冬天再重新往上摔泥巴。摔泥巴的日子里很闹,七八个汉子把大坨大坨的草泥铲起来往墙上摔，这样的日子里要宰鸡，照例把鸡毛在泥巴上绕屋粘一圈。扁村的乡民都认为鸡是太阳的亲舅子，所以鸡一叫太阳才肯出来看它的舅子。泥巴糊完了便用稻草往屋顶上码，码稻草要"好公"来做，也只是一排一排压着码上去，到了屋脊再压上从树上剥来的树皮。屋顶上的草码好后照例要烧三天的火，那火要在屋子里点起，只见烟不见火，让那烟去熏藏在稻草里的各种魁：

旱魁

水魁

火魁

再次码草大约要到三四年之后，撤下的发黑的旧稻草照例要扔到塘底去沤成肥。

刘姓的人便拥上刘柏生去挑吕布苇的屋顶，一般讲，故事到这里就要完了，吕姓一门人也不会说什么，道理不是十分简明吗？三丈的红布你只给人家扯了三尺，这是连吕家都跟上丢脸的事。问题是吕布苇的女人恰恰在家里生娃儿。

生娃儿的事

有必要说一下羊栏,没有羊栏也要说一说猪栏,扁村照例是有不少猪栏和羊栏的。一般讲,羊栏要比猪栏多,猪养肥了要抬到山外去卖是件大事,四五个挂得住八只草鞋的精壮后生轮流抬上猪"呵呵呵呵"要走两天两夜才能到县城,所以扁村乡民一般不怎么养猪,养羊的人家却多。要卖掉羊只要赶上走就可以,前边说过,扁村人家生下娃儿取名大多叫了"羊儿""猪儿"。那么,叫羊儿的大多一定是生在猪栏。叫猪儿的一定生在羊栏。祖祖辈辈传下来的话是,生娃儿时就必定会有了旱魃来寻,旱魃是要吃小孩儿的魂魄的,所以女人们就必得躲到羊栏或猪栏里去,事先在那里垫好草,如果生在猪栏里叫了羊儿,旱魃就会上了当,傻乎乎去羊栏里找,结果羊栏里自然不会有,那娃儿便会命长。

这一日吕布苇的女人就在羊栏里生娃儿,那七八只羊们就给赶到院子里去,都"咝咝咝咝"聚在角落里吃隔年的杏树叶。刘姓的人拥到院子里发一声喊,便有人马上跳到屋边的晒台上去，这人是刘柏好，原是刘柏生的堂弟，他上去就用铁耙挑屋顶的草。刘柏生跟着也上去，他手持了磨坊捅磨眼的那根棍，捅房顶草的时候，就有一条小青蛇绕着他手中的木棍窜过来，刘柏生是个不怕蛇的角色，提了蛇尾在空中抡圆了甩几甩就朝羊栏那边把蛇一甩，这一甩就恰好甩在躲在羊栏里生娃的吕布苇女人的身上。

一千九百九十年，扁村女人们生过第二胎一般就不敢再生第三胎，扁村的乡民是听政府的话的，都知道生多了娃儿政府是要生气的。而吕布苇女人这时是在生第四个娃儿，因为前边连连生的竟都是女娃儿。

站在晒台上挑屋顶的刘柏生就突然听得羊栏里吕布苇的女人一声惨叫。

讲　古

扁村是古风犹存的地方这是不用说的，所以要常常"讲古"，出了什么事，都要把古事搬出来讲讲。比如张家的汉子奸了李家的女人，那么，摆平的最好法子是张家的女人注定要被李家的汉子在天黑时哭哭啼啼拉去狠狠地睡一睡,也有誓死不从投河死掉的,但也没有因此而立了牌坊的,也有极乐意的,但也要装作哭哭啼啼。又如打仇家,周家的男人打死了李家的男人,那么,李家的女人便归了周家去养。一千九百四十九年前,扁村这种事很多,很有几户人家有两个老婆。这原是统计过的,他们是:

  刘备

  刘邦

  张也飞

  吕没病

  吕大眼

  ……

  好像还有好多户,不说也罢,倒不是他们特别的本事大,是因为他们打仇家时杀了人家的男人,便只好认倒霉,晚上的事自然是愉快而且他们也乐意的,但也有因此而早早搞垮了身体,成了阳痿,孩子也照例要生下一大堆。一千九百四十九年后这种事少了,可以说几乎不再有,而别的事却还要常常被讲一讲古。比如刘柏生吓掉了吕布苇的娃儿，吓掉就是吓死。问题是那个娃儿竟然是个男娃！这就让吕姓一门人动了怒，不是吗？吕布苇一世生下三个女娃。这才生下个男娃儿，竟然让刘柏生给吓掉了。跟上刘柏生前去挑房顶的刘姓一门人当下自知理亏，一下子走掉了大半人。

要讲古啦！有人边走边说。

傍黑的时候，刘柏生回到了磨房，一脸子晦气。要讲古啦。他坐在火塘边看看伏在梁上的一只鼠儿说，那鼠儿在啃一只烂草鞋，啃掉的草屑就"窣窣窣窣"掉在下边的火塘里，马上有火星飘起飞散。这时候刘柏生的闺女金莲正在灶头煮粽子、做黄花木耳汤。

要讲古啦！刘柏生眼光闪闪烁烁走过去对闺女说。

关于坦克

扁村自古是没有过什么战事的，因为那些想打仗的人还没走到扁村地面就累得再不想走了。人们都说曹操和关公原是讲好要在这里打一仗比比高低的，但那些马儿,只走到离扁村四十里远的红草坪,就将蹄壳都走脱了。曹操叹口气说"算了吧",这话自然是对关公说的,关公原是极善良的,也就叹口气说"算了吧"。于是两个人手拉手去喝那种颜色发绿的梅子酒,至今那喝酒的桌子还在。在红草坪的山里,原是一块方方正正的赤色巨石,上边果真就有了两个洞,洞子大小刚好像两只碗。人们都这么说,都把那石头叫"关公桌"。

扁村是没有过战事的,但扁村的乡民却常常在说:我的坦克!

这话让二十年前从北京来扁村插队的学生崽们听了大吃一惊。

你家有坦克?学生崽问。一边用竹刺挑脚上的泡。

谁家没坦克?被问的角色说,眯着眼看学生崽挑脚上的泡。

后来学生崽们终于明白是听错了,坦克是"堂客"。

"坦克"就是"堂客"。

tanke——tangke

扁村的男人们说得很是豪迈:我的堂客!

学生崽们自然是笑,笑过后眨眨眼问:"你夜里给坦克加油没有，加一管子还是加两管子？"

这话扁村男人一听就懂，原是不用学习讨论的，就嘻嘻笑。

我们故事的主人公刘柏生是没有堂客的，刘柏生的堂客死了有十多年了。她在雨季披了棕衣上山去扳菌子，给盘在大菌子下避雨的蛇子咬了一下，便死了。

在扁村，堂客有许多作用，关起门生娃儿自不用说，另外还要做饭、洗衣、喂猪、织牛衣、簸谷、做酱、晒酱、割梻子油、采各种草药、上林子里去扳菌子——或者竟在林子里让别人扳倒弄一弄也是有的。如果出了什么事——这里免不了就要讲一讲古。比如像刘柏生，吓掉了人家吕布苇堂客的孩子，那么，最严重的讲古方法就是要刘柏生的堂客给吕布苇去生孩子。到时候也像办喜事一样隆重，顶上红盖头选吉日送去给吕布苇放在床上弄，这在扁村叫下种子，要下九次，九次都没下中那也就不许再下，扁村原是个有纪律的地方！这是最严重的讲古，最不严重的讲古也要刘柏生把自家水缸里的水舀出来倒走着往吕布苇家缸里倒，这么一来，刘家的旺气自然就会转到吕家。

而刘柏生没堂客。

吕布苇也不要刘柏生家缸里的水。问题是刘柏生吓掉的是一个男娃儿。

会议素描

扁村活一百岁的老人现在大约还没有过,但活八十岁的还是有的。太阳好的日子里,他们便出来坐在门口晒太阳,像腐朽了的木桩,牙齿呢,也大多掉光。这个岁数一般没多大用了,也不很被人们瞧得起,但忽然要是被人们十分瞧得起了,那便是扁村有了事。吕姓的吕木高是吕姓一族岁数最大的,已经八十一岁,新添了尿床的习惯,孙子的堂客夭妹常常是骂声不休,把他的褥子摊到门前的老磨盘上去晒,晚上拿回去的时候自然还会添上些鸡屎。刘姓的刘四语今年八十,还走得山路,刘四语年轻时的外号叫"八鞋",曾是个极出色的男人。

话说得简洁一些吧,这天吕刘两姓必须集到一起开会,主持会议的就是吕木高和刘四语,要讲一讲吕布苇和刘柏生的事情。

有必要说一下开会的场所：那曾是北京知青的宿舍，扁村把这种地方叫"谈场"，多么好的说法。"宿舍"这两个字现在已被扁村念成了"书舍"，很雅是不是？"书舍"因为多年没有人给上边摔泥巴，已经坍塌得差不多了，里边的野草也发狠地长，绿蓬蓬黑油油从窗口窜出来，开些没人要看的贱极的蓝花。所以参加会议的人只好坐在屋外的坪坝上。空中有蚊虻在飞。

吕木高坐在那里忽然打了一个很没力气的喷嚏，他看天上的云彩时给太阳晃了一下，紧接着刘四语马上很威严地也打了一个喷嚏。刘四语的喷嚏很有力量，响得很远，然后，他就说："讲古么，大家都要平心地讲，五娃儿的堂客如今已经变了草，就好让五娃儿的闺女金莲去。"

五娃儿是谁？五娃儿就是刘柏生。

在谈场坐着的人们都静下去，都看定了刘四语，这时不知从什么地方飘来了煮粽子的香味。刘四语就又讲古时孝女行孝的故事，说当老子的淹死了，当女儿的都要跳到水里去寻父，生生把父亲从水里背出来，刘姓一门人都是讲孝的。

"就让金莲给吕布苇下一下吧。"吕木高也说。

这种事在扁村并不稀奇,如果是堂客呢,就下九次,如果是像金莲这样的黄花闺女呢,就只许下三次,三次后如果没有种下娃儿,便要吕布苇给金莲一只羊做嫁妆,如果种下了,就要送两只羊。

"就下三次吧。"刘四语说。

"下三次。"吕木高说,又打一个喷嚏,他有些兴奋,这种事很久没有过了,吕木高老唠唠叨叨抱怨扁村现在没有以前那样热闹了,杀猪时的叫声也像是没以前响亮。

没有火车的地方

扁村原是有个学校的,该学校也就是一间可关八条牛的牛屋,在扁村却叫了书堂,刘柏生的闺女金莲就在里边教娃儿们念书,金莲脸很白,她原是没念过书的。一二三!一二三!金莲字写在给锅底黑刷过的木板上,孩子们就一二三,一二三地念。

"牛、马、人、刀、羊。"金莲念。

"牛、马、人、刀、羊。"孩子们就也大声跟上念。

"火车!"金莲念,声音很细,她还没见过火车。

"火车!"孩子们跟上念,声音很尖,孩子们也没见过火车。

教金莲认字是因为当年来扁村插队的学生崽,那学生崽住在刘柏生家,算是刘柏生家的房客,那学生崽学会了用柏树枝煎水洗脚上的冻疮,用竹刺挑脚板上的泡,那年竟然就下了很大的雪,那学生崽脚给冻坏了也没什么好说,就整天坐在刘柏生的屋里吃刘柏生堂客炒的倭瓜子,就教金莲念字。那学生崽不是别人,正是我,我叫什么呢?那时候我叫:王卫东。

如果不改,眼下必定还是这个名字。这与故事无关,不讲也罢。那年冬天扁村为什么会下那么大的雪?那年冬天吴子牛在磨坊的墙上的白木板子上画了什么?一列火车!他指着自己的杰作问金莲:"这是什么?"

"虫子!"金莲说。

吴子牛这××眼里就放了光,大笑不已,在床上滚。

没有火车说明什么?我的朋友吴子牛计划写一本很没趣味的书,书名就叫了《没有火车的悲哀》。算了,说这些做什么!扁村实在是个美丽的地方,吴子牛要是有出息的话,他早就会去做一个铁路线路设计师了,可他现在也许早已快忘了扁村这个地方，虽然他在扁村住了有六年，当然更重要的还是我。现在吴子牛在什么地方？在有火车的地方吗？

还是让我们讲一讲金莲吧，扁村是个没有火车的地方。

开 头

火塘，似乎有必要讲一下火塘。火塘就是四块黑色长石条围的那么个东西，火塘又必定在屋子的中间，火塘在扁村是家家必有，这简直是废话！四块长石条上常常坐着朱红色瓦罐，这也像是废话，当然也有坐过粪桶的，那是传说中的事情，某某某某犯了扁村的规矩，给一族的人丢了脸，便在他的火塘上坐了一个粪桶去羞他，某某某就被叫作：不吃人饭的狗货！一般讲，人们吃饭时都要分张着两腿围着火塘坐。火塘里吱的一声猛地冒起一朵大火苗时，这家的女人就必定会被当家的嗔骂，因为那是吊在火塘上方的腊肉滴下油来了。这在扁村叫作糟蹋油水！油是金贵的东西。在扁村，第一金贵的东西是男人的精子，九十九滴血才变得成一滴精子，其次就是油。

这都不怎么像是开头,让我们开头吧。

这一回的开头就是刘柏生分张着两腿坐在了火塘边,当然离得比冬日远一些,火塘边已经有了蝇子,飞得很活泼,飞累了就落下来歇歇,然后再飞。这天的饭呢,因为是端午节,自然就是苇叶包的粽子。

金莲已经给她老子剥好了粽子,放在一只木碗里,粽子上浇了些棕色的液体,扁村人叫它:槭子油。其实不是油,是在槭树上用刀割,然后槭树就疼得流出泪来,然后拿回来在火塘上熬,熬久了就成了这东西,甜得很。

"要你去呢。"刘柏生没动筷子,对女儿金莲说。

金莲就坐到一边去,这事她已听过了,扁村的人都知道。

"要下三次呢。"刘柏生又说。

"照辈份,他是我叔呢!"金莲突然说了话,嗓子窄窄的。

这是讲古么。刘柏生说:"又不是真去做他的堂客。"

刘柏生开始吃粽子,他一连吃了五个,然后停下,翻着眼子看看女儿。"你这算是行孝呢!"刘柏生说。

"那我就要一块头帕,两双袜子,一双鞋,"金莲想想,又嗓子窄窄地说:"还要一身衣服。"

这时有人"呵呵呵呵"地扛着米"咚咚咚咚"地进来,门一开,水流的声音"汩汩汩汩"大起来。

"好吧。"刘柏生说,他又开始吃一个粽子,他觉得自己的女儿是不是给惯坏了,粽子包的也不像话。

"你莫跑。"刘柏生说,看看闺女。

"哪个跑?"金莲说,她也开始吃粽子,坐在倒扣的油篓上。她吃得很慢,后来她把包粽子的苇叶一片一片拣起来拿出去扔给羊儿去吃。这时天已经快要黑了,她看到有一只苍鹰在天上旋,旋,旋,然后就一下子跌下去。金莲很想看看那鹰子飞起来叼到了什么,而她突然跑到火塘边嗓子窄窄地哭泣起来。

夜里的故事

夜里有什么事?夜里在扁村只有一件事:睡觉。这简直是废话,有些日子在扁村也不见得只有睡觉,比如八月十五月亮圆圆的时候唱傩,七八十岁朽木模样的老东西们,把槭木壳子取出来戴在头上,唱太阳出世的事,唱月亮和太阳在一起睡觉交合的事，太阳和月亮睡觉不小心给公鸡看到，公鸡就气得把脸都红了，大声叫起来，羞得太阳就不敢再日了，洒下数不清的金针扎那些看它的人们的眼，公鸡是太阳的舅舅么。这样的晚上就很热闹，要年轻人知道什么该做什么不该做，要年轻人知道害羞。只可惜唱傩一年只有一次，这种举动在扁村统称"唱傩"，没有别的说法。

我们不讲唱傩，我们要讲的是这天夜里一个叫羊儿的精悍结实的后生子来找金莲，这羊儿原是金莲的未婚夫，他是常到磨坊里来的，"呵呵呵呵"帮刘柏生扛米袋，羊儿力气很大，外号凑巧也叫"八鞋"，原是在河边演练过的。

"我先来吧？"羊儿对金莲说。

"这是什么话。"金莲说，看着羊儿乌黑发亮的眼珠，直直的鼻子。

"你让吕布苇下种子不让我先下？"羊儿说，羊儿前就讲定了要和金莲成亲的，这是人们都已经知道了的。

"我先来吧。"羊儿又说："我是你男人呢。"

"不行。"金莲就说，看着火塘，有点害羞的样子。

"你迟早是我的堂客呢。"羊儿又说,他有些急了,要是金莲让吕布苇下准了,那他羊儿就要等十个月。

"我要先来。"羊儿又说,他要动手。

金莲就拦住羊儿:"你想骗了人家吕布苇?你等等吧。"

金莲是个诚实的女人,羊儿就不了,羊儿是个极通情过理的人。

金莲是个好女人。羊儿踏着黑路往自家走,心里这么想。

这就是黑夜里的故事,黑夜里磨坊的磨盘也不停地转,"咕咕咕咕"不知响了几世,除此之外又像没什么故事,仔细想想,扁村实实在在也没什么故事。

结　尾

故事的结局是金莲给吕布苇生了个闺女,这自然不能怨金莲,吕布苇一气之下嘴上长了个大疔,出了半碗脓水,后来也就好了。而据此刘柏生就做了外公,吕布苇就竟然低了一辈下去。金莲的女儿叫柏香,羊儿就去给柏香做了干爹,隔年,金莲真的和羊儿成了亲。吕布苇并不爱和金莲生的这个女娃儿,吕布苇的堂客更是一看这女娃儿就来气,结果自然是金莲把女儿抱来养,这么一来,去磨房"呵呵呵呵"扛上米去碾的人就常常能看见一个小女娃在火塘边上玩,在认真地玩一坨鸡屎或一只大人捉给她的蚱蜢。又过了一年,就是一千九百九十二年,勤劳勇敢的羊儿从山上砍了许多的柞木"呵呵呵呵"扛回来,一根一根放在磨坊的西墙根下,结果却没有木耳和蘑菇长出来,这很被扁村的乡民讪笑了一回。

羊儿也就不再想让木头长出木耳了。

羊儿的问题出在我的朋友吴子牛千辛万苦地回了一次扁村,回来说了这个故事,还说还是山里的村子好,喝茶好香!那水真好!人也不复杂。大腿上叮上蚂蟥还是念咒请它们下来。他纠正了金莲教孩子们时写错了的两个字,金莲把刀写成了"一",把羊写成了"羌"。吴子牛还劝金莲上城里去告一告,告谁呢?这很难说。

扁村很宁静,没火车的地方一般都很宁静很优美,水自然是清澈得像是无物。

后 记

扁村还有什么可记？只是想不起来了，作为结尾的几句话，我很想给金莲捎一本蓝塑料皮子的《新华字典》，但邮路不通我又有什么法子呢？

"火车呢？"我问吴子牛。

"还是不修铁道的好。"吴子牛忽然反对修铁道了。这家伙是不是全无心肝？

通了火车，就喝不到那么清的水了，见不到那么单纯可爱的人了。

那么，我还能说什么呢？

小鼻村记事

小鼻村

小鼻村的乡民们的鼻子原是并不小的，一千九百六十七年知识青年千里迢迢从外边一脚泥一头汗地来，看看四周的山看看四周的人，便忿忿不平了一回。鼻子果真就小么？非但不，竟有鼻子奇大的，吊在扁扁的脸上倒像一枚红胡瓜！这人就是会箍木桶会捉大蛇的万明选，已死了，勤勤谨谨在坡上种了一辈子地，到咽了气又给儿女们种回到地里去，却长不出什么，让小鼻村好胜斗狠的村民们有了几分丧气，因为可以拿出去让四乡都看一看的大鼻子没了。万明选的儿子倒是有五个，只是鼻子没有一个肯往大了长，即使大一点儿的如老二万金金,鼻子也没有他老子那么红得发鲜。万金金的儿子今年已经十八了,万金金的儿子叫"万文化",鼻子倒是大得可以,却没多少文化,只念了二年书。

这与咱们的故事又有什么关系?

到了一千九百七十二年时,小鼻村的名字就当然变成了很有些文气的"晓壁村"。这你就应该知道是知识青年给改的,但现在还依旧叫"小鼻村"。现在是什么年月?一千九百九十四年,时间呢?八月九月十月都行,就是不能跑到十一月或十二月去,因为十一月和十二月老天就把雨给收回去了,倒会往山里洒些白白的雪来,让山鸡在上边印上无数的"个"字,这样的天气照例是不会有蘑菇的,不会有蘑菇就不会出那种事了。

现在就让我们来讲事,时间么,就让它是上月好了。

蘑 菇

一下雨就湿漉漉的小鼻村在下雨的日子里会湿漉漉地长出许多蘑菇来,小鼻村的村民们便会湿漉漉地披了塑料袋子到林子里去扳蘑菇。林子自然是村后山上的林子。林子里的树呢，照例是有高有低有粗有细。林子里这里那里在下雨的季节里照例到处是很滑的，蘑菇只一圈一圈很乖地长着，只乖乖等着人们去采它（一个蘑菇圈子会采许多？比如一下子采一袋子或两袋子，也竟有运气好的一下子就找到一大圈采满三袋的，比如小春这女子，这就要惹得人们心跳跳的，惹得人们有非分之想，想悄悄跟上小春到林子里去看，看那蘑菇圈子在什么地方？来年好抢个先）。这天万金金的儿子，鼻子很大的万文化果然就蹑手蹑脚跟了去。他原也是去采蘑菇的嘛，竟也披着塑料布，提着袋，拿着一把铲，光着脚。

小鼻村后边的山起起伏伏走许多时日才能走到叫大鼻村的地方，所以这你又可以知道那树林子实在是很大，小春这女子在很大的林子里遇到什么事情？比如遇到老虎、花狗、小豹、大狼、长蛇或是蜇人很凶的蜂子，蜂子下雨天竟肯出来这里那里地飞一飞么？小春这女子遇到的事是正蹲在地上扳蘑菇时，忽然竟被人从后边喘嘘嘘抱住扳倒了，扳倒她的不是别人，正是万金金的儿子万文化，我们就要讲这个故事。

只说到了晚上，小春一开始并没说林子里的事，只是她走路腿岔得有些怪,并且又淌血了,并润红了裤子。

"你就又来了么?"

小春的娘姆我们自然是要叫万大婶的,万大婶说。

小春的娘姆这么一问,小春就只好说实话。

"我让文化在林子里扳倒了。"小春就"呜呜"哭了。

"文化比小春小四岁呢,他就懂么?"小春的妈就眼红红的去对小春的父亲说,小春的父亲姓万,向来的名字叫"万大"。

接下来的事情就是,小春老实巴交的父亲皱着眉从灶膛里抽了根"噼噼啪啪"燃烧着的柴棍照着路去了村长家,外边下着雨,路照例是滑滑的,左也滑滑右也滑滑。

"小春让文化给扳倒了。"万大一进村长万石头的家门就气狠狠地说,竟"咻咻咻咻"地哭起来。

"果真就让扳了么?"村长说,村长正在给车轴上膏油,手里是一根鸡毛。他明天准备去叫大井的地方赶小猪。

"淌血了呢。"万大又说,只"咻咻咻咻"哭个不住。

村长便犯了愁:"你真要去告一告么?"

关于鼻山

向来小鼻村的名字是从鼻山而来的，鼻山果真就有几分像了鼻，所以叫鼻山。小鼻村就在鼻山的鼻尖上，慢慢慢慢顺着鼻尖走下去就是鼻山乡。鼻山远看才像鼻，比如站在鼻山的南边比较远一点的地方，离近了就只看到树，密得不透缝，离得更近一些就果真又能看到一些地皮和朱红大石，朱红大石上也只长满绿苔。或者就又可以看到一两只花翎野鸡"突突突突"往起飞，林子里还有树猫，有小羊那么大，实际就是豹，而小鼻村村民却只叫它树猫。这家伙专会"唰唰唰"飞快地爬树，会在树上一跷腿子往下屙尿，这家伙还比较会在树杈上睡觉。我们说这些做什么？不讲也罢。只讲小春的父亲万大这一日便从小鼻村顺着林子带着一柄粪权从山上往下走，在朱红大石和大树间往下走。往下走了足足有一日，林子就没了，林子没了就有了土地，地里照例是种着苞谷，一片一片只是碧绿的苞谷，苞谷叶子给雨水弄得很绿，绿得让人看了心里爽气。田地没了，就有房屋了，房屋只用大石小石砌，房屋密起来的时候就果然又有了一座大院子,这大院子就是：鼻山乡政府。

小春的父亲站在乡政府门口左看看右看看，然后就走进这湿漉漉的院子里去了。院子里铺着朱红的石板，一块块照例被雨水淋得愈显朱红。

院子里的房子照例是一排一排的，窗上没窗纸却有玻璃，小春的父亲便脸红红地去问一个人，那人穿着条黑布裤子，站在门口眯着眼用一只手在掏耳朵，把掏出来的黄黄的耳屎只喂给身边那条黄狗吃，那狗儿见了小春的父亲便狠狠吠两声，然后就不叫了，只把红红的舌头吐出来不住地舔鼻孔。

"我要告状呢。"万大脸红红地对那人小声说。

"跟谁告？"

"又杀人了么？"那人就停下了手不再掏耳朵。

"我女娃让人给扳倒了呢。"万大脸红红地说。

那人就懂了，笑笑，指指一间屋："去找岳乡长。"

岳二乡长

岳二乡长正在聚精会神地下一盘棋,"砰砰啪啪",把老木头棋盘直拍得像放炮仗。万大进去,胆怯怯地只在一边站,也不敢拿出烟来抽。后来岳二乡长就下完了棋,抬头看见了站在一边的万大,说:"去,打水。"

万大便去打水,院里原来也竟有井,井上也竟有个榆木辘轳。井栏也是老榆木的,上边只长满了绿苔。万大只一搅两搅竟搅上水来,很冰凉的。提回去,岳二乡长只喝了一口就皱眉,说:"打开水么,怎么搞的?"这才发现认错了人。

"你是个谁?"岳二乡长问万大。

"乡长竟不认识我了么?"万大小声说:"我是小鼻村来的呢。"

岳二乡长就像是想起来了,把手抬起来放在脑门上猛拍两下:"你是万小么?到乡里来卖蘑菇的么?"

"我不是万小我是万大呢,我来告状。"万大就不免把事情讲述了一番,竟又"咻咻咻咻"哭起来。

岳二乡长便马上气了，挥挥手，要干事马上把棋盘拿走，忽然又笑了，对干事小声说："万文化就是大鼻的孙儿，鼻子也大呢！"

那一脸黑气瘦瘦的老干事便"嘿嘿嘿嘿"地干笑。说："鼻子大那话儿能小么？"

岳二乡长便又笑。

"岳乡长你要判他一判呢。"万大说。

岳二乡长便坐下来，看万大。

岳二乡长原来竟不胖，只往瘦里长，面皮便有些松，脾气向来好。比较喜欢的是把人拉住给人看病，竟又不睁眼，只闭住眼看，便把你一肚子的病给看出来。有人牙疼得狠了，吃鸡爪黄莲也不顶事，把眼泪都给疼出来了，便去找他，岳乡长便只用手放在那人脸上，便就不怎么疼了，再放放，便果真不疼了，所以岳乡长在鼻山竟很出名。岳乡长还比较喜欢在灯下捧一本《黄氏面相大宝》看，也向来有六枚老铜钱在抽屉里放着，只是轻易不给人算看。

"政府干部是给人算卦的吗？"有人要找他算一算的话，他先要笑眯眯把那人批评一下，到那人知道原是自己错了，也许岳乡长才会给那人看一看。岳乡长不怎么给人算看，倒常常关了门给自己算。比如一千九百九十年夏天鼻山突然就发了大水，把山上的红土粉冲了不知多少下来，一河的水都是红的，竟像是一河猪血！乡里的水文站那几天说东鼻山坡要滑坡呢，坡下边都给掏空了，要让坡上的人家都搬一搬。岳乡长便自己去算，算过后便对人们说："不会滑呢。"果然竟没滑。又比如大鼻村刘金两口子因为一条大蛇的肉吵架要离婚，闹到乡里，刘金的脸都被女人抓稀烂。找到岳乡长，岳乡长便又去算，扬过了那六枚老铜钱，便对人们说："离不了呢，以后还会好得紧。"果然竟没离，竟又生两个娃崽。

岳乡长的娘姆原也是个极能生的角色，一个接一个竟生十四个娃崽。岳乡长是老二，便叫岳二，岳二的哥自然就叫岳大，岳二下边的弟弟自然要叫岳三岳四。岳大那年嘴上忽然就生了个疔，忽然就手脚凉凉地死了。岳二就来做老大，为要让下边的弟弟妹妹向他看齐，脾气便好。

这是岳二乡长的事。

"莫哭呢，你莫哭呢。"岳二乡长对万大说，看看万大的脸，说："竟真的让扳了么？"

"求乡长判一判呢。"万大又说。

"果真是万金金的小子么？"岳乡长说。

"是呢。"万大说。

"这角色砍过林子么？"岳乡长又问。

"哪个不会砍？"万大说。

"捉过马鸡么？"岳乡长问。

"捉。"万大说。

鼻山一带的乡民民性原是极淳朴猛厉的，但凡政府不许做的事都要踊跃去做，好像这样才会显得有出息，才勇敢。

岳乡长又把万大看看，说："林子里又是泥又是水？果真就在林子里么？"

"就在林子里呢。"万大说。

"竟没铺东西在地上么？"岳乡长问。旁边一脸黑气的老干事"嘻嘻嘻嘻"地又笑起来，岳乡长板板脸，竟忍不住，便也干干地笑起来，回过头对老干事说下雨天呢，那么冷，不铺东西你狗人行么？

"我不行呢，我铺上狗皮褥子都怕不行呢。"老干事嘻嘻笑着说。

"岳乡长你要判他一判呢。"万大又说。

一九八

岳乡长之二

岳乡长人原是极好的,家却并不在乡里住。只在鼻山山梁上的一个叫柴火的村里住。家里还种着七八亩地,照例是苞谷、豆子、黄芪和党参。岳乡长每星期都要回去一趟,帮女人做做活,比如锄苞谷、比如两个人手拉着手种麻豆,据说麻豆必要一男一女手拉手才会长得好,嘴里自然还要说些不宜言传的话。不说也罢,而说说呢,也无妨。比如他们手拉手一边往地里撒麻豆子嘴里便一边要说:

豆公豆母天长地久

种你种你愈日愈有

愈日愈日爷日娘姆

日姆日姆日姆日姆

山上,就说说山上,自然这里那里都是石头,自然是不能骑车,岳乡长回一次家就必得在朱红大石间慢慢慢慢走半天,和岳乡长做伴的,竟是那条黄狗。说说这条黄狗好么?狗也不大,腰细极,吠声如敲大竹筒。因了这狗,岳乡长竟日日省下那洗脚水,睡前只需把一双脚伸给狗,狗便从嘴里吐出一片红舌头细细去舔,细细都舔到,细细舔了这只再去细细舔那只。

"省水呢。"岳乡长说。

因了这狗,岳乡长又省纸,比如去拉屎,岳乡长拉屎只去地里拉给苞谷。这里拉,那里狗儿便"叭哒叭哒"就吃了,所以说苞谷竟又得不到那屎,然后岳乡长便会把尖尖的瘦屁股摆给狗,这不细说也罢。

"省纸呢。"岳乡长说:"用字纸呢,不敬惜呢,用白纸,浪费呢。"

这是关于岳乡长的事。

岳乡长人是极好的。

万文化

鼻山一带男子个个都长得极剽悍,个个都细瘦黝黑,在山上朱红大石或林子里走起路来一跳一跃矫健如猿。

万文化便也剽悍细瘦黝黑,只是不爱多说话。

小鼻村年轻男子长夜无事聚会的地方只在代销店里,那石头房向来很阔大,原可以唱戏,一年年唱戏的戏台照例要搭在这里,这里照例是要卖酒的,年轻男子便到这里去喝酒说话,又比如忽然谁建议去听房。

"听二金金的房么?"

"狗才不敢听。"大家便蹑手蹑足地都去了。

又比如谁去外边撒尿,尿完,笑嘻嘻一边抿裤子一边从外边进来说:"外国人也没我这大呢,锄柄样。"便又都会解开裤子查看,那物件竟是可以拿出来比的么?民风淳朴的小鼻村村民并不把那话儿看的和手脚有什么不同,比完这话儿,马上可能就要比一比手劲了,日子便欢快。

独独万文化却和别人有些不同,别人掏出那话儿比一比,他却一下子跑掉。

"这家伙原来竟没长么?"别的人便哄笑。

想不到这天万文化竟没走掉,竟马上又返身来,脸红红地对那些角色们说:"你们,你们哪个敢去把小春扳倒么?"

这便是我们故事的开头了。

分　析

所以说，那天跟上小春去林子里也许竟不是万文化一个人，万文化把小春扳倒很快活地做起那事的时候，也许有好几个后生仔正躲在朱红大石后边看，直看得浑身紧起来，也许后来那几个后生仔便都去砍树了。把砍倒的大树从鼻山北头的一个崖上一下子推下去，大树落河时发出多大的响声，河水便把大树一荡一荡运走，下游岸边自然有人接应。除此大树便永也运不出山去，往往就烂掉在林子里。大树运到下游便自然会卖个好价钱。被后生仔们拿去换极香烈的酒喝，或拿了钱走几十里地的路到公路边的小饭店里去睡眉毛扯得极细的白肉皮女人。那些女人没客人时只在小饭店门口笑嘻嘻嗑瓜子，情歌却是不去唱的。

另一种开头

这也算是一个开头。

只讲这一日,岳乡长忽然派人传话到小鼻村去,要万文化的老子和万大到乡政府来讲事。传话的人自然是乡里来卖蘑菇的驼子万丙九,话自然就传到。传下话去的头一天,岳乡长已经把自己关在屋子里就万大女娃小春让扳倒的事细细算了一算。竟得个"天地泰"的好卦,是主合不主散的,岳乡长便高兴,便有主张,便有好故事给演出来。

只说这一日万大穿过林子,在朱红石绕来绕去走一日便到了乡里。

万大一进岳乡长的屋便看见岳乡长竟笑眯眯在屋里坐着。

"你竟来了么?"岳乡长笑眯眯地问万大。

"来了。"万大说。

"我叫你来做什么你竟知道么?"岳乡长又说。

"知道呢。"万大说。

万大在屋里向来不会坐的,要不就躺下,要不就蹲下,这会儿他就蹲在一进门的墙根那里。

"你女娃儿让扳倒的事你要想明透才好呢。"岳乡长从座位上站起来在地上走走,说。

万大便仰着脸看岳乡长。

"万文化是你的乡亲么?"岳乡长又坐下看定了万大,说。

"是呢。"万大说。

"如果让他在牢里关上三秋四夏回来能住到月亮上去么?"岳乡长只看定了万大,万大心里便有些慌。

"不能呢。"万大说。

"对么,还是要回到小鼻村来住呢,还要去林子里扳蘑菇讨生活呢。"岳乡长说。

万大就有些不懂了,看着岳乡长。

停停,岳乡长才又说:"万文化讨过老婆么?"

"他讨他鬼母呐!"万大说。

"你女娃儿倒嫁过人家?"岳乡长说。,

"没呢。"万大说。

"你女娃儿原是给万文化在林子里扳了么?"岳乡

长又说。

"是呢。"万大便有些气了。

"那你就不如干脆把女娃嫁给万文化。"岳乡长看定了万大。万大脖子粗起来,过不一会儿就又不粗了,只管搓手,看岳乡长。

"怎么倒要嫁给他?"万大说。

岳乡便又说:"你女娃儿给万文化扳倒的事人们知道了么?以后给谁?到哪家不是个话柄?你仔细想想好,好日子就怕要过成个坏生活呢,不如旧锅还让旧勺搅么?"

万大便低下头,只看地下的蚂蚁叼了一粒米乱跑。

"要是呢。"岳乡长这时又说:"把万文化关在大牢里三秋四夏再让他回来,不记仇家吗?哪个好呢?你女娃嫁谁不一样呢?"

岳乡长想想又说:"女娃儿迟早是要给人扳倒的呢,只不过是迟早的事,就当你女娃儿让万文化早扳了几日好么?"

万大想想,又想想,便站起来。

"我听乡长给做主呢。"万大说。

"你真想明透了么?"岳乡长便有了几分笑意。

"想明透了。"万大说,竟真想明透了

"好,你是个男人呢。"岳乡长拍拍万大的肩头。

"我只要他万金金多给小春些嫁妆呢。"万大忽然脸红红地说。

"我自然要给你做主呢。"岳乡长笑笑说。

天要黑时,万金金也来了,他原是早来了,瞅见岳乡长门口丢的那柄粪权便知道万大先来了。他便先躲在外边抽烟,替文化发愁。

万大从岳乡长的屋里出来时,万金金便进去,进去便说:"文化这狗日的听凭乡长处置。"

万金金说完这话,眼里已有了两泡泪。

岳乡长便笑,便说:"听凭我处置么?"

"哪个会不听。"万金金说。

"那就准备娶小春做媳妇吧。"岳乡长说。

万金金张张嘴,说:"乡长你莫开玩笑。"

"我会开么?"岳乡长说。

"果真么?"万金金说。

"万大你进来。"岳乡长便对屋外说,万大就进来。

万金金忙把泪擦擦。

"果真么?"万金金又说。

"果真呢。"岳乡长说:"你要让你儿子好好待人家女娃儿呢。"

"便被老鹰啄了眼,也要给小春打一个大戒指呢。"万金金欢喜不尽地说。

天黑之后,万大和万金金便一左一右拉了岳乡长去喝酒,在路边的小饭店里,各扯了一条腌胡瓜喝起酒来。

"是女人迟迟早早要给人扳倒了呢。"岳乡长说。

"是呢。"万大细声细气说。

酒喝到后来,小饭店老板又把隔年的胡桃放在火里给他们烧上吃,胡桃在灶里被烧得"啪啪"直响像打枪。

"小心跳眼里。"岳乡长对那个老板说。

"你也喝一碗。"万金金对老板说。

老板便过来,镶在乡长旁边和乡长一喝起来。

"是女人迟早让人扳倒呢。"岳乡长喝到后来竟有几分醉了。

三个人摇摇晃晃回去时夜已经很深了。岳乡长摇摇晃晃回到乡政府,说啥也要万大和万金金睡在自己那里,那条炕原来大得很,岳乡长躺在那里,忽然笑嘻嘻地睁开眼说:"你们以为这只是我的意思么?"

万大和万金金便睁开眼看岳乡长。

"是天意呢。"岳乡长:"我给你们算过一卦,是天意呢,是'天地泰','天地泰'知道么?"

万大和万金金张大了嘴听。

"好卦呢,主和不主散。"岳乡长又说:"这事只是莫向外人讲才好。"

"哪个讲,发瘟的猪么?"万大说。

"哪个讲,发瘟的猪么?"万金金看看万大,两个人忽然都笑了。

天快亮的时候,万金金下地往罐里"卟卟卟卟"地撒尿,听见岳乡长兀自在枕上说梦话:"小心胡桃跳眼里呢,小心胡桃跳眼里呢。"

下次来,真要给岳乡长带半片腊猪头呢。万金金在心里说。

婚事报告

结婚么,在小鼻村只叫作:"吃甜酒。"这原没什么好讲，不讲也罢。

要讲的是，便宰猪，便宰鸡，便杀羊，便用了红纸煮红蛋，红纸在陶罐里"咕嘟咕嘟"煮白了蛋也就红了。还要做酒，把软米蒸了，和酒酿一起倒大缸里去。这么说，真像个报告么？

真正要报告的倒应该是盖房。小鼻村的房子只和山下的石头房子不一样，竟都喜欢用木头盖房，盖房前都要起个高柱脚，住人的屋只在上边。下边就养猪羊或放冬日烧火的柴。万文化要结婚，万金金就必定要领了儿子"呵呵呵呵"上山去砍木头，还必定要给林业站的人领着，人家让你砍哪棵你才能砍哪棵，林业站的人只用皮尺量那树，然后说"砍他妈妈的这棵"，你就去砍他妈妈的那棵。不过这都是以前的事，现在并无此事。人们要木头只是到林场的木材堆子里去买，买好看准的木头。再后边的事便是请木匠，但是现在又没人去买，人人都只去林子里偷。木头弄回来除了请木匠还要请石匠，还要请神匠，起楼脚照例要看吉凶，然后才挖坑下柱脚，然后才铺三指厚的木板，架腰粗的梁椽，房子照例是朝南的三间，好给太阳照着，一间里边放小陶缸、陶锅釜、干柴禾、大砂罐、小米瓮、三角米桶，这间便叫伙房。一间里边放床、朱漆红马桶、朱漆红小桌，桌上照例放镜子。镜子又必定对着窗，让女人们整日看自己的脸，这间就叫"睡间"。另一间呢，照例也就没什么可放的了。但比如从林子里采回了蘑菇，或打着一只鸡或捉回一条长蛇照例要放在这屋，夜里的灯盏和尿尿的陶罐也要放在这屋。这是祖祖辈辈传下来的规矩，房子盖好接下去便是迎娶，到了这天，新娘照例都要穿得通红，手里并要抱着一只瓶，瓶里照例是装满了沙，沙上再插一根青翠的芹菜，黄沙就比如是黄金，芹菜就比如勤快。我们的故事的主人公小春呢自然也是这样，只是她有些不大同意嫁给万文化。"竟让我嫁给他么？"小春哭哭啼啼对她父亲说。

"岳乡长都说好，岳乡长给你做主呢。"万大对女儿说。

小春是给万文化在林子里扳怕了。

小春便"咦咦咦咦"地哭了一夜，第二天看到万家送来的黄黄的那枚戒指竟又不哭了。自然是又隔了些时日，小春便嫁过去。晚上自然是要做传宗接代的事，这原没什么好说的,要说的是只这一日,万文化的父亲万金金把儿子叫过去,对儿子说:"你狗日的全凭岳乡长做主才有今日,你就没个人心么?"

万文化便知道父亲要自己去做什么了。

隔天,便有人看到宽肩细腰的万文化背了个腊猪头往山下去了,在那朱红大石间和一株株的大树间绕来绕去,到了天快黑,鼻山乡竟给他走到了,恰巧岳乡长在,恰巧又是在和那个一脸黑气的老干事在下棋,万文化便把腊猪头留下,人却不能走了,必须要歇一晚天亮才能往回走,便自然歇在乡里。

"万金金的儿子倒真英俊,可以拍电影呢。"岳乡长对老干事说。岳乡长忽然觉得自己有些喜欢万文化这后生仔了。

"我要是女人,情愿嫁他。"老干事说。

"这婚事好得很。"岳乡长说,想想,竟有几分得意。老干事想想,也连说这事好,岳乡长便更高兴,便叫老干事去腊猪头上割两片耳朵下来多放些辣子到灶上去蒸,说晚上要喝酒。

"我竟是个媒人呢。"岳乡长笑眯眯地说。

关于砍树

有一点可以肯定,就是小鼻村的人个个都不把砍公家的树当成是一件坏事。只当作能干,而且个个都极会砍。那几年政府不怎么操心山上的树,会砍树的角色倒不多,谁家盖房或做棺材,只砍够用就行了,也懒得多砍。余下的树让它在山上往粗里长好了。再长不粗长不长的角色到了后来便会很自觉地自己倒下,在下雨的季节里倒下的树又会给人们长出些黑黑的木耳和黄黄的蘑菇什么的。长不出木耳或蘑菇的便会给人们拖回去烧。当年要砍树,事先还要施礼,繁琐得很,叫"开山"。要祭山神的,也就是在村后的山路边,用三块石头搭一个小庙,敬三炷香,然后让砍树的人用利斧砍路边的一株小树,一刀砍断再把它从头顶抛过。砍树时,砍树的人又不能先砍,赌气似地只把板斧放屁股下坐着,面前还要放根树棍,这时便会有人来问:"你呆坐在这里要吃屎么?"

砍树的人照例是不答。

又问:"你呆坐在这里要看毛鸟么?"

砍树的人照例还是不搭腔。

又问:"你呆坐在这里看虫蛇么?"

砍树的人照例是不答。

便又问:"张三张三,你狗人呆坐在这里是要给李四弄树么?"

这么一问,砍树的人才会一下子跳起身来,把树棍往身后一扔,把青布腰带刹刹紧,才会动手砍。

所以说,那时候人们砍树向来是讲究的,从不敢乱砍,现在政府管得严了,一次次地张贴布告要人们知道政策的厉害,是不许人们乱砍那些树的,这么一来呢,人们却非要砍一砍了,好像不砍倒不像好汉会被人耻笑似的,盖不盖房都要去,砍了也只拖到人看不到的地方,用茅草苫了,山神也不再有人来祭。一千九百九十四年的时候,鼻山的山林被砍了一片又一片,砍倒的树只从鼻山北头崖上推入下边河里去,河水流下去的地方只叫"杀狗坡",木柴贩子只在那里等,也住在那里,整日地喝酒,看木头,量木头,交钱,晚上还嫖女人,政府竟又逮不住这些鸟人。

政府能不气么?

政府给人们乱砍树弄得气得不行,这一日竟真的捉住了两个鸟人。这两个鸟人一个只叫"岳辞典"一个却叫"岳辞海",原是兄弟两个,父母竟是县里的教员。这两个鸟人才给关起三日,便忽然都懂得要做好人了。政府的政策原是极好的,这兄弟两个只在反省所里关了一日,思想便有些变化,便懂得自己是不对了,岳辞典的眼皮竟因为走路不小心撞得发了乌青,胳膊也因为睡觉不小心自己从床上掉下来给摔的肿得老粗,疼得十分难过,便竟交待出一些常砍树的角色泄火。比如大鼻村的竟有这些人:刘宋江、花生财、花大头、花荣、刘小指。

政府自然不会放过这帮鸟人,便派人去捉,捉住了,都扯直嗓子喊冤。一村的人都跑来替这些人喊冤,原来这几个人竟不是砍树的角色,并且一个比一个老,去捉人的人才知道上了当,政府便更生气了,那个叫岳辞海的角色这天便又不小心自己把自己跌在地上把两只门牙磕掉,便又不免供出柴禾峁砍树的男子,他们便是:万国民、万国肉、万小蛋、万二二。

政府便又派人去捉,竟又没给捉到,政府便认真气了,政府气了怎么办?这一日,只说这一日,区里便下了文件,把四乡的乡长都集中到区里去办学习班。

学习班的事

学习班么，也就是学习，自然岳乡长也是要去的。

大家在一起学习的那间屋倒是大的，好大的一片屋顶让人看了心里发虚，因落雨而受潮的屋顶下，多数人听一个人一个字一个字地念书，多数人手就不停地往本子上写。多数人一边还要喝枣子水，抽纸烟，中午的时候照例要吃饭，饭里也便有几片小肉，岳乡长便高兴，并不在乎肉照例是白白的肥片。岳乡长吃饭的时候就常常想起万文化送来的那片腊猪头，吊在屋梁上不知会不会给狗日的猫儿害了。

"比不上腊猪头呐。"吃饭的时候岳乡长就有些感慨，便对同桌人说。

岳乡长是很不会跟陌生人说话的，一说话就脸红，岳乡长对陌生人讲话，总喜欢讲一种让人听了要难过的处理普通话，是顶顶难懂的。别人不懂，岳乡长就更脸红。刚当乡长时，岳乡长是很学了一阵普通话的，又不好意思当着人的面练，只找没人处一遍一遍地学，比如站到高粱地边或苞谷地边,看看四周没人,便用普通话说:"高粱玉米同志们你们好。"这时候碰巧就忽然刮来一阵风,高粱和苞谷就"哗哗哗"地摇。岳乡长还摆摆手,说:"大家就不要鼓掌欢迎了。"

这事竟让在地里锄苞谷的刘二小听到,便被大家知道。

岳乡长的普通话却一直没有练好。只说学习。上午学习,中午吃饭,下午还是学习,到了晚上又是吃饭,晚饭还是青菜,里边照例又有几片肉,照例又是肥片。只吃了两天,便有人在食堂里敲上碗叫,不满意区里的饭菜。那个老厨师便板了面孔从厨房里出来,说:"肥的不是肉么?"竟也把锅敲得"砰砰"响。

第三天,这些人忽然都气了,竟不要再在食堂吃了,都拥着去街上的小饭铺里吃,点几个菜,外边只是下雨,雨把街上的板淋得亮光光的像抹了油。

岳乡长却不随这些人去,只在食堂里把饭吃了,只是不免常常想起万文化的腊猪头。

"猪肉数腊猪头好吃呢。"岳乡长一边吃饭一边对那个老厨子说。

会也只开了三天,日日只是念书,往本子上写字。到第四日,忽然宣布学习班要胜利结束了,天也忽然灰灰地晴开,云往四处散去,就露出一个白白的太阳来。这天区上来了人,是个独眼黄区长,忽然十分严肃地瞪着独眼给大家宣布任务。区上的主意是要好好抓一下治安的,任务是每个乡必须要先抵凑两个,十月底完成这个任务。

"不抓出一两个就等于没干工作呢。"独眼区长说。

下边就立马没了动静。

"下半年换届改选能不能连任,这是考察条件呢。"独眼区长又说。

"抓马鸡的、打群架的、扳女人的、偷梯田石条盖猪圈的先放下,先要抓一下砍树呢。树不是亲娘姆就乱砍么?"独眼区长竟有几分气了,又宣布了到了年底区上要搞一次公判的事。

"所以,每个乡都要给我完成任务。"独眼区长说。说完便散会,人们便都往外走,日头朗朗的了,云也散光了,天上只空荡荡的,云彩都不知飞哪里去。

"抓哪个角色呢?"岳乡长想,慢慢走过一块朱红大石。

"要算一算呢。"岳乡长又想,又慢慢走过一块朱红大石。

"哇"的一声,岳乡长忽然给吓了一跳,再一看,那一只鸟早已不知飞到了哪里。

雪天的故事

雪天就是下雪的天,雪只有冬天才会有,所以,我们讲的是冬天的事。

冬天一下白白的雪,小鼻村四周便白,便没人再到白白的林子里去,没有大事的话。人们也不往乡里去,只在木屋里呆着,等着冬天过去,勤快的人便在木屋里搓草绳。山里的茅草原是不缺的。比较不喜欢搓草绳的角色还可以去做些别的事,比如:看别人搓草绳。连搓草绳都不愿看的角色比如还可以去睡觉。比如万文化,便比较喜欢睡觉。

比如睡到小春不再想睡的时候,外边这时又碰巧下了雪,推开木格子窗连太阳都看不到,文化便会对小春说:"再睡他妈一会,下雪呢。"

"你只会睡么?"小春便会说。

这么一说,万文化就激动起来。

"你说我只会睡么,我会好多。"万文化这么一说,小春便知道他又要做什么。

碰巧万文化的父亲万金金是个不喜欢老睡的,这天偏要冒着雪去喊文化起来,站在外边,一头一脸的雪喊:"文化你狗日的就睡不够么?"

听听没声音,便又喊:"小春你起来起来,让他起来搓草绳。"

"你爹喊你呢。"小春推万文化。

"快完了呢。"万文化喘息着说。

"你不会轻点么?我有了呢。"小春说。

万文化竟还不知道小春已经有了,便说:"果真有了么?"

"真有了呢。"小春说。即使是在雪天,这也不能算是一个新鲜的话题,小鼻村在下雪的日子里根本就没有新鲜的话题。

有什么新鲜事好说呢?比如树猫在下雪的晚上拖走了一头小猪或一只小羊三只小鸡?这新鲜么?

又比如谁家的陷阱在下雪的日子里捉到了一只狍子，把肉不分给人们吃一吃，这新鲜么？

不如让我们说说鼻山乡政府的事好么？

乡　事

小鼻村的村民在下雪的日子里，只知道吃烧胡桃喝土烧酒，哪里会知道岳乡长的难处。岳乡长一次次被叫到区里去汇报工作，一次次给批评得说不出什么话来。岳乡长自然便生了气。岳乡长便让鼻山乡下边的几个村子的村长到乡里去，小鼻村的村长万石头自然是要去乡里的。

岳乡长真是很气恼了，一个一个村长骂过去。

这天便轮到了万石头。

"你就不懂得教育村民么？"

"我教育哪个？"万石头笑嘻嘻的。

"竟个个都砍树？"岳乡长说。

"妈的，个个都砍呢。"万石头说。

"不砍的倒有几个？"岳乡长说。

"倒有五个呢。"万石头想想，说，便把名字写出来。一个是万丙九,一个是万丙六,一个是万天成,一个是万春生,这四人都老了,老得都像一段朽木,这五个人中独有一个叫万顺顺的才二十多岁,竟也不去砍树,原来是个黄胖傻子,只会瞪白眼看人,或把腚露给人看,或把前边的那话儿拿给人看,嘴里只不停说"吃米吃米米"。

岳乡长便气了,又犯了愁,小鼻村竟和别处一样,从不砍树的角色竟然没有,十二月就要过了。

"要开公判会呢,你说抓哪个?"岳乡长愁得不行,竟问万石头。

万石头只嘻嘻笑:"人人都砍呢。"

"人人都砍你抓哪个?"岳乡长问问自己,再想想,又问万石头:"不抓马鸡的人有么?"

"下雪天不好抓呢,支网子都抓不到一只呢。"

"都谁没抓过?"岳乡长问。

"都抓呢。"万石头说。

"不知道国家不让抓么?"岳乡长说。

万石头就嘻嘻笑:"愈不让抓人们才愈抓呢。"

"马鸡一世界都没有,只咱们鼻山有知道么?"

"知道呢。"万石头说。

"捉光了就不能再有知道么？"岳乡长说道。

这些事情万石头村长都知道，只是不知道村里有谁没有捉过，比如老东西万甲六，老的如同朽木，竟也用马尾编了套去捉过。

岳乡长真是发了愁，不知该捉哪个去参加公判会，鼻山一带的乡民几乎个个都又砍树又捉国家保护的马鸡。

岳乡长气闷了，便说："你个万石头狗人回吧，这样下去我就是个夜壶呢，只比夜壶多俩耳朵呢。"

万石头一走，天也要黑了，岳乡长便一个人去小酒馆里喝酒。因为下了雪，外面一世界黑的黑白的白。

十二月就要过了，灰灰的天上不断地落下些雪来，搓草绳的人都搓了好多大坨草绳了，如果老天还下，那么，人们就只有再在家里搓草绳，搓累了，便把核桃扔到灶里去"噼噼啪啪"烧上吃。

岳乡长愁得只有去喝酒，就着一条腌胡瓜。

"抓他妈哪个？"岳乡长真是愁得不行。

一月的故事

小鼻村在一月不下雪的日子里也没什么故事好讲，要讲也只是杀猎、跪羊、磨粉、买红纸、做豆腐、压粉条，比较难做的是做红鱼，也就是用一个模子，模子照例是用果木刻的，比如刻一条很肥的大鱼。杀猪时把猪的血兑了盐搅了又搅，然后慢慢倒在鱼模子里，凝固了再慢慢弄出来，就是一条大鱼了。小鼻村的村民们都知道鱼并不在山上，家家做鱼的时候就要过年了。比如这一年，万文化的父亲万金金就一下子做了十二条红鱼呢，这就是说到了明年十二个月就月月有余了。

这真不像个故事，对么？我原说讲故事么？我早就厌烦了讲故事，这里只不过是笔记，比如下边一条又一条又都记了些什么？

十二月二十七日：岳乡长去区上开会。

十二月二十九日：岳乡长去区上开会。

一日七日：岳乡长又去区上开会。

一月十二日：岳乡长去区上开会。

这你就知道岳乡长真是很辛苦了,下雪的日子,山上到处都是白白的雪,鼻山一带向来是不能骑车的,只能走,岳乡长便走得火火的,这一日,离过年还有八天,岳乡长又让管治安的独眼区长当着许多人狠狠训了一顿。

"你拿国家钱就是真抓不出一个么?"独眼区长说。

"果真要抓一个么!"岳乡长这天也十分地火!

"你岳二就只会白吃国家的饭么?"独眼区长又说。

岳乡长便更火了:"我果真就不会抓么?我抓一个给你看看呢!"

岳乡长便气鼓鼓回乡里,岳乡长原来已经想好了的,小鼻村要抓的人想来想去已经想出了两个,一个是:万文化,另一个是:万在丙。

万在丙小记

那万在丙只是万在甲的弟弟,前不久竟去偷他的亲哥万在甲的黄屁股耕牛,牛偷走了又弄不到山下去,倒牵到山上去,绕林子走半日,走到鼻山北头的那个很高的崖上,只把牛的四条腿捆扎好往崖下推。那牛便泼了命地叫，便从崖上落到崖下黑沉沉的河里，河水自然把牛一荡一荡漂到杀狗坡，那里便有人接应了，用铁钩耙把还没死的牛给搭上岸来，那头牛落在河里竟没被淹死，拉上岸过不久竟又站起来嚼吃自家肚里的草料。

说来也怪，那牛到了夜里懂得给主人托梦，万在甲就梦见自家的黄牛只在杀狗坡上仰了头唱山歌，"哞哞哞哞"唱个不休。万在甲便明白了是怎么回事，便连夜赶去，竟真在杀狗坡找自家的牛，小眼牛贩子就也给捉住，便问出了狗日的万在丙。

牛自然是牵不上山去了，因为牛是再上不了鼻山的，小鼻村人家养牛向来都是从小背儿一样背上山，大了就没有下山的理，直到老死。万在甲便抱了牛头哭，牛便也哭，万在甲年年过年第一碗饺子照例是给这老牛吃的，万在甲便到旁边饭店里去买了碗饺子给牛吃，算是和牛在一起又过了一年，可那牛偏不吃万在甲给它的饺子，只是不停地流泪。

"你顶真梦见牛在杀狗坡唱山歌了么？"岳乡长竟去问万在甲。

"……哞哞哞哞唱个不休呢。"万在甲说，岳乡长便不住地叹息点头。

万在丙自然给万石头一顿臭骂，小鼻村的人竟说："家伙万在丙好身手呢，一个人竟能往坡下推得一头牛。"

这事岳乡长自然是要管的，也把万在丙叫去臭骂一顿："你只当它是牛不是人呢？你就给我跪在那里。"

岳乡长骂烦了，让万在丙跪在那里，"你别以为是给谁跪，你是给那牛跪呢，它耕一辈子地，倒叫你从那么高的崖上往下推！"

岳乡长愈想愈伤心，又大声说："跪好！牛是往坡下推的么？"

从乡里回来，万在丙也已经知道自己错了，每日只把自己关在屋里搓草绳，已经很搓了几大坨了。

一月的故事

一月里小鼻村忙得已经像是不会有什么故事了。自然没人知道岳乡长被独眼区长骂过后回去又拿那六个老铜钱细细地算了一算。

岳乡长终于要捉一个人给独眼区长看看。

岳乡长先是把万在丙和万文化的名字各写在一张小纸片上,然后把纸片团成两个小纸蛋,把小纸蛋在手里摇摇,然后只往桌上一扔,伸手要拿那纸蛋时,忽然又停了,想想,看看头顶的灯,便对了灯说:"灯光菩萨灯光菩萨,是岳二让他们去的么?"

"不呢。"岳乡长自己答道。

"灯光菩萨灯光菩萨,是岳二要他去么?"

"不呢。"岳乡长自己答道。

"灯光菩萨灯光菩萨,是独眼黄红卫让他们去的么?"

"是呢。"岳乡长又自己答道。岳乡长说完这话便马上伸手去拿纸蛋,一拿竟没拿住,手抖得厉害,再拿竟让他给拿住了,岳乡长在灯下一下一下把纸蛋剥开,纸上写的是:万文化。

剥完了纸蛋,岳乡长在灯下转了一圈,又转一个圈,看看灯,双手合十地又说:"灯光菩萨灯光菩萨,该不该让万文化去呢?"

然后岳乡长便又去取那六个老铜钱了,在灯下把老铜钱在手里摇一摇,就得个"艮"下"坎"上的"山水蹇"。

"命该如此呢。"岳乡长便说，抬头看灯的时候就忽然看到了梁上拴腊猪头的那一段马莲绳，绳上现在是粘了一串死蝇子。

"命该如此呢。"岳乡长又说。

第二天，岳乡长便把老干事叫过来说事："带两个人去捉万文化吧，林子里随便往倒扳女人行么？"

老干事便笑嘻嘻说。"是呢，犯了纪律了呢。"

"去捉吧！"岳乡长又说。

快过年了，乡政府的院子里忙着分东西，这一回分的是山药粉条，每人八大坨。黑枣，每人八斤。人人在院子里都分得很高兴，把东西搬来搬去。

岳乡长站在窗口左看看，右看看，忽然又掉转了身子对老干事说：

"说啥也得让万文化这球人过个年呢，过了年再去捉吧，让万文化在家过个年好么？"

年后的故事

过年在小鼻村是没什么好说的，家家必要去砍一株小松树来点天灯。这是家家户户早砍好的，这时便拖出来，细枝细杈都打了，把树朝天竖起，当然是在院子里，浇点黑黑的油根在上边，便点着，"噼噼啪啪"烧一夜，来年便注定要发了，还要给火里浇些酒，叫作"给灯菩萨喝酒"。

年和往年的年一样很快就过去了。

万文化便被捉去坐牢。

万金金这日慌了，便又到乡里走一回去问岳乡长："难道就万文化一个砍树了么？"

岳乡长便很严肃了："就只砍树么？别人谁在林子里扳人家的女娃儿来？捉他是因为他是强奸犯呢。"

"强奸犯么？"万金金这一惊吃得不小。

"强奸犯！"岳乡长说。

万金金便回去生了一场大病，接下来呢，是小春生下了娃儿，当然这么说的时候，确切地说是六月了，因为不足月，那娃儿小得就像剥了皮的猫儿，名字便就叫了"猫儿"。

六月的时候，天真正是热了，万金金去乡里卖一张狗皮，恰就碰到了岳乡长，正想躲开，岳乡长却一把把他拉住，岳乡长这天原是喝了点酒，便把万金金拉到一边去说话："你以为只是我的主意么？是天意呢。"便又给万金金讲一回上次的卦文："是个'山水蹇'呢。"

万金金去牢里看儿子文化，告诉儿子家里都好，到了秋天要砍棵大树好给"猫儿"做小床呢。

故事也就没了。

结　尾

结尾就是春天又来了，春天是不能采蘑菇的，人们便去采绿的蕨菜，采完碧绿的蕨菜便又是蚊子极多的夏天了，夏天的时候小鼻村的乡民们去村边修了一座小山神庙，祭山神的时候，人们发现小庙里住了一窝麻雀，小麻雀会飞的时候秋天又到了，这年秋天出了件事，万金金去砍树，他要砍树给孙女做一张小床，树倒下来的时候竟忽然从旁边一下子窜出一只树猫，万金金就慌了，就跑，结果就给倒下的树压死，人们自然把他埋在他爹大鼻的坟旁。

"咱们的鼻小么？"人们埋完了万金金，忽然想起了鼻子的大小来,互相看看,就又说到万文化,就都忽然起了兴致去看看万文化的娃儿猫儿。

猫儿一岁了,鼻子还不见大,采蘑菇的时候,小春就背着她,卖蘑菇去乡里,小春还背着猫儿去看岳乡长。

这天猫儿忽然就在岳乡长办公室的地上拉出一泡黄屎,小春就要打猫儿。

"你个烂屁股呀,你个烂屁股呀。"小春骂道。

"莫急。"岳乡长就说,竟把那条黄狗唤来让它给猫儿舔一舔屎。

猫儿倒吓哭了,故事也就算完了。

在万分之一的鼻山乡地图上,是还可以看到小鼻村的,只是地图上印着的字不是"小鼻村"而是:晓壁村。

跋

在这本集子里，收录了我上个世纪八九十年代热衷于文体试验的六个短篇。《好峁杂录》发表于《钟山》，《油饼洼记事》与《扁村记事》发表于南方刊物《花城》，《小鼻村记事》与《棉花》发表于《人民文学》，《竹坡记事》则发表于《延河》。现在重读这六个短篇，依然能让我自己有小小的感动。讲故事可以说是作家的看家本领，小说就是讲故事。但怎么个讲法？怎么才能把一个故事讲得别开生面？却是要看一个作家的经验和智慧。这本集子，距离上次出版已经有二十多个年头了，世事变化，苍云白狗。这六个短篇，让我想起那长烟落日般逝去的岁月，生活真是一如流水，流过去，流过去，无情地流过去，它竟是那样的无情，再也不会回头。这得感谢文字，文字的好就在于它可以把过去的情感和画面固定下来，每每是这样，当年根本就觉不出好的那些事事物物，一旦经过岁月之水的洗涮便会慢慢渐次显示出它惊人的美来，审美的意念往往是在"之后"而不是"之前"或者是"当下"产生的，此刻，我又把这本集子里的六个短篇细细看过一遍，我才意识到过去的美好时日不会再回来，这真是让人有"望望不见君，连山起烟雾。"的无限惆怅。感谢北岳出版社再次出版这本集子，这无疑像是一次"考古"发掘，这让我不由得再次感动。如果说我在山西尚有家园可倚的话，那么北岳出版社无疑就是我的家园，我要谢谢你们，在这秋风横扫园林之际。我把这六个短篇放在一起的意思是什么呢？编辑说这样会不会有点薄？能不能再加几篇？我说不，我想让它纯粹一些。因为我们现在已经很难固守纯粹，结果是编辑同意了我的想法。关于这六个短篇，我自己，好像还想说些什么，但竟然说不上来，其实就像是一个人，他很不好意思地把自己的孩子推到人们的面前,说好不对,说坏也不合适,其实最好的态度是什么也不说,这便也算是一段跋语。

图书在版编目(CIP)数据

油饼洼记事 / 王祥夫著 . —太原：北岳文艺出版社，2022.10

ISBN 978-7-5378-6636-1

Ⅰ. ①油… Ⅱ. ①王… Ⅲ. ①短篇小说—小说集—中国—当代 Ⅳ. ① I247.7

中国版本图书馆 CIP 数据核字（2022）第 210942 号

油饼洼记事

王祥夫 / 著

出品人
郭文礼

责任编辑
孙茜

装帧设计
张永文

印装监制
郭勇

出版发行：山西出版传媒集团·北岳文艺出版社
地址：山西省太原市并州南路 57 号　邮编：030012
电话：0351-5628696（发行部）　0351-5628688（总编室）
传真：0351-5628680
经销商：新华书店
印刷装订：山西人民印刷有限责任公司

开本：787mm×1092mm　1/32
字数：120 千字
印张：7.75
版次：2022 年 10 月第 1 版
印次：2023 年 1 月山西第 1 次印刷
书号：ISBN 978-7-5378-6636-1
定价：49.00 元

本书版权为本社独家所有，未经本社同意不得转载、摘编或复制